作者介绍

肖云峰

　　肖云峰，1985年出生，毕业于吉林大学法学院，新生代文学创作人，创作涉及青春文学、儿童文学领域，从2008年开始专攻儿童文学领域，创作儿童文学校园童话和校园小说。

出版书目：
青春文学《一面游离 一面固守》
青春文学《一摩尔的梦想》
校园幻想小说《苏浅浅变身魔法师》
校园幽默小说"慢慢长大"系列
长篇幻想小说"麻瓜小魔女"系列

联系方式：
邮箱：xiaoyunfeng1985@sina.com
博客：肖云峰的魔法城堡
http://blog.sina.com.cn/xiaoyunfeng1985
地址：沈阳市和平区十一纬路25号
　　　辽宁出版集团智能大厦一号楼805

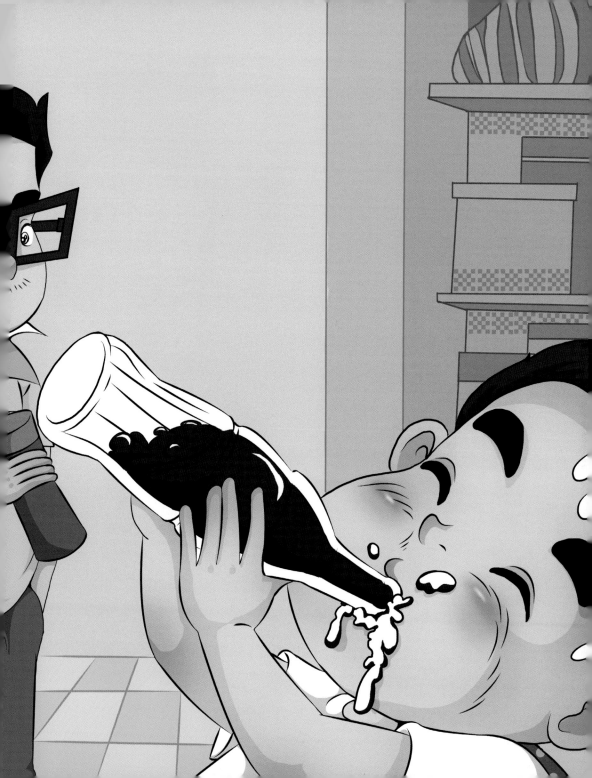

校园轻喜剧系列

麻辣一家亲 慢慢长大

XIAO YUN FENG 肖云峰 著

海峡出版发行集团
THE STRAITS PUBLISHING & DISTRIBUTING GROUP | 福建少年儿童出版社
FUJIAN CHILDREN'S PUBLISHING HOUSE

图书在版编目（CIP）数据

麻辣一家亲/肖云峰著. —福州：福建少年儿童出版社，
2010.9

（校园轻喜剧·慢慢长大系列；1）

ISBN 978-7-5395-3824-2

Ⅰ. ①麻… Ⅱ. ①肖… Ⅲ. ①儿童文学—短篇小
说—作品集—中国—当代 Ⅳ. ①I287.47

中国版本图书馆 CIP 数据核字（2010）第 168239 号

麻辣一家亲

——校园轻喜剧·慢慢长大系列①

作者：肖云峰

出版发行：海峡出版发行集团

　　　　　福建少年儿童出版社

http：//www.fjcp.com　e-mail：fcph@fjcp.com

社址：福州市东水路 76 号 17 层（邮编：350001）

经销：福建新华发行（集团）有限责任公司

印刷：福州德安彩色印刷有限公司

地址：福州金山浦上工业园区 B 区 42 幢

开本：700×920 毫米　1/16

字数：86 千字

印张：9　**插页：**2

印数：1—10150

版次：2010 年 9 月第 1 版

印次：2010 年 9 月第 1 次印刷

ISBN 978-7-5395-3824-2

定价：13.00 元

目录

小侦探与艺术家（下）

"蒙娜丽莎" 行动

谁偷走了妈妈的微笑

最近妈妈刘芳一直闷闷不乐，而且经常唉声叹气的，这让整个家里都好像笼罩了乌云。

"你们发现了吗，最近姨妈好像很不开心。"顾小西对李多米和李多乐说。

"嗯，不知道是谁把妈妈的笑容给偷走了。"李多米用手托着他的胖脸蛋，嘟着嘴说。

"我最近也没闯什么祸啊！"李多乐自我检讨。

"不会是姨夫惹姨妈生气了吧……"姐姐顾小西神秘兮兮地说，"吃醋？"

"你们几个在这儿给我制造绯闻呢！"顾小西的话刚好被从卫生间里出来的爸爸李天明听到。他对他们几个说，"你们几个别瞎猜了，最近妈妈单位内部有岗位调整，她压力大，我可

不敢惹她。你们几个也最好老实点儿，千万别在这个时候惹妈妈生气。她呀，现在可是一个火药筒，危险，勿近！"

"怎么能让妈妈高兴起来呢？"李多米嘟囔着。

"嘿，小多米的这句话还真提醒了我，我问你们，平时你们的妈妈辛苦不辛苦？"爸爸李天明倒了一杯水，在沙发上坐了下来，问他们。

"辛苦，她每天除了上班，还要照顾我们，给我们做那么多好吃的。"李多米就是认准了吃。

"姨妈是相当的辛苦！我们每周要换洗那么多的衣服，姨妈都要把它们洗完。而且李多乐的臭袜子，要多脏有多脏……"顾小西说着，看着李多乐捏了捏鼻子。

"可别提他那袜子了，有一次他刚踢完足球，把袜子就那么丢在地上就睡了。第二天早上我起来一看，那袜子在地上站着呢，都没倒下！"李多米跟着讽刺李多乐。

"你们俩还有脸说我，我不就是一个袜子味道鲜亮点儿嘛！你们俩可倒好，一个吃的巨多，一个一周换 N 多件衣服，妈妈呀都是让你们给累的！"李多乐不服气了。

"你们几个可别吵了，只要你们知道妈妈辛苦就行。那我再问问你们，你们想没想过要报答妈妈啊？"爸爸李天明又说。

"姨夫，你今天好奇怪啊，是不是在卖什么关子啊？"顾小西发觉这话里好像有话。

爸爸李天明不说话，又看着李多乐和李多米，眼睛明亮得跟探照灯一样。

"爸，您有什么话直说不行吗？大家都是男人！"李多乐又开始以小男子汉自居。

"我用所有报答爱。"李多米面对这个问题，想起了妈妈经常哼唱的一首歌，他直接把歌名给说出来了。

"这可是你们三个说的啊，我今天就给你们一个任务，那就是逗妈妈开心！谁能把妈妈逗笑，就重重有赏，她笑一下，奖励十块！"爸爸李天明说。

"爸爸，那你得把你的数码相机借我。"李多乐脸上挂着不怀好意的笑容。

"要相机干什么？"爸爸李天明有些迷糊了。

"妈妈每笑一次，我们就要用相机把她的笑容给拍下来，到时候好用它找您结算啊！"李多乐说。

"嘿，真有你的，够精明啊！"爸爸李天明说，"好，相机你拿去，没问题！"

李多乐从裤兜里掏出一把硬币，在手心里掂量着，硬币发出清脆的声音，他嘴里还念念有词："这真是让人温暖的声音……"

"我的冰激凌！"李多米舔了舔嘴唇。

"我的连衣裙！"顾小西双手放在胸前，想象着自己裙脚飘

4

摇的样子。

"我的新球鞋!"李多乐的眼珠都快变成两颗足球了!

"噢耶!"他们三个异口同声。

"蒙娜丽莎"行动第一波

"让妈妈焕发笑容"行动正在展开,代号"蒙娜丽莎"。这三个人躲在顾小西的卧室里密谋。

"怎样才能让妈妈开心呢?"李多米嘟囔着。

"要多和姨妈聊聊天,多做一些力所能及的家务事吗?"顾小西说。

"你们俩可真是笨得够可以的!让人笑,哪儿那么难啊?有一个最简单的方法啊,讲笑话!"李多乐得意地说,"我们去找好多好多好笑的笑话,讲给妈妈听,她一笑,就是十块钱,她一笑,就是十块钱……"李多乐越说越兴奋。

"哇噻,那我们很快就能靠笑话成富翁了呀!"李多米也感到茅塞顿开。

说行动就行动,几个人分头找笑话去了。

晚上吃完饭,妈妈收拾完了厨房,坐到沙发上又沉沉地叹了口气:"唉!"

"妈妈,跟你说一个事儿啊!"李多米故作神秘地说着,同

时向李多乐挤眉弄眼，意思是让他赶快准备好相机，千万别错过妈妈展露笑容的那一刻，"就那天，我想喝汽水，对冷饮摊老板想说来瓶汽水，不料看见跟前放着的啤酒，一急竟说成老板来一瓶屁水……哇哈哈哈哈……"李多米说完，自己仰天大笑起来，"唉，最近就指着这个事儿活着呢！"

可是面前的妈妈依然面色凝重，根本一点笑模样都没有。不仅没有笑，而且被李多米给弄愣了。

"去，一边去吧，什么烂笑话啊，看我的！"李多乐说着，把相机交到了李多米手里，"准备好抓拍！问：杨过为什么跳悬崖？"

"因为杨过不想活了呗，这还用问啊？"李多米感觉李多乐这问题简直是太没营养了。

"因为杨过太喜欢小龙女了呗，'问世间情为何物，直叫人生死相许'……"顾小西又开始抒发她的少女情怀。

"错！你们统统地错误！因为……"李多乐故意停顿了一下下，要制造那种千呼万唤始出来、一石激起千层浪的效果，"因为'父是康'。"最近富士康员工跳楼的新闻可是闹得沸沸扬扬，这个笑话妈妈准笑！李多乐可是胸有成竹。他说完，自己先哈哈地笑了起来，旁边的李多米和顾小西也没忍住跟着笑了起来。

可是妈妈的脸上依然是一片乌云密布，阳光般的微笑一点

都没有重出江湖的意思。她反倒是瞪了李多乐一眼，一言未发。

"起来吧，还得看我的！"顾小西过去坐在姨妈的正前面，用手扒拉李多乐的肩膀，让他让开，一副自信十足的样子，"有一只螃蟹，被抓来塞进了锅子里蒸，螃蟹拼命地往外逃，只见主人一手按住锅盖，一边仰天长啸：'别折腾，想红就忍着！'"现在这什么"花儿朵朵"、"快乐男生"进行得如火如荼，这则幽默是多么的针砭时弊、充满智慧啊，姨妈，难道就不能笑一个吗？顾小西心中暗想。

然而短暂的安静过后，妈妈霹雳一声吼："都一些什么乱七八糟的，你们三个是不是闲着了在这儿跟我磨牙？都给我回屋做作业去！"

他们三个落荒而逃，又奔回了顾小西的卧室。

"看你刚才讲的什么啊？想红就忍着，有什么好笑的。"李多米说顾小西。

"那是你不懂智慧，不懂幽默！"顾小西不服气地说。

"蒙娜丽莎"行动第一波以失败告终，颗粒无收。

快乐的开关在哪里

"让一个人笑就真的那么难吗？"顾小西坐在床上，翻看着数码相机，里面一张照片都没拍下来。

"可不是吗，真的那么难吗?"李多乐坐在写字台前的椅子上，手肘拄在大腿上，手握拳支着额头，摆出了一副思想者雕像的 Pose，冥思苦想。

"就说嘛，怎么就那么难呢?"李多米在房间里来回地踱着步子。

"李多米，你别在那儿晃悠了，把我晃悠得头都晕了!"顾小西训斥李多米。

"咦，我倒是想起了一件事儿。"顾小西说着，把视线从相机上移开了，"我问你，李多乐，你遇到什么事情会大笑?"

"我? 老爸要是给我买一个新足球，我就会特高兴!"李多乐说。

"那是，估计能把你给乐抽了!"顾小西说。

"冰激凌管够，巧克力饼干吃到饱，那才是我的追求!"李多米说。

"估计要真那样，你的嘴能咧到后脑勺上去!"顾小西又说。

"要是哪天百货公司的漂亮衣服不要钱，我喜欢哪件拿哪件，那……"顾小西说着，眯起眼睛，用鼻子深吸了一口气，陷入了畅想。

"如果要是真那样，那你早就被人群给踩成肉饼了! 那些

妈妈、阿姨们可比你生猛多了!"李多乐说,"不过小西姐,我明白你为什么要问我们这个问题了!"李多乐突然意识到了什么,用手一拍大腿。

"为什么?为什么?"李多米赶忙凑了过来。

"你想啊,在你不开心的时候,别人讲笑话硬逗你开心,只会让你更加心烦。所以啊,我们之前的策略是完全错误的。要想逗妈妈开心,就得知道她喜欢什么,然后投其所好。"顾小西说。

"没错,没错,说得很有道理,我刚才想到的就是这个!"李多乐虽然赞同顾小西的想法,但是又在这个问题上犯了难,他说,"不过妈妈喜欢什么呢?"

"这可要各凭本事了,我可是已经有主意了,我去赚钱喽!"顾小西显然已经有了想法。

"蒙娜丽莎"行动第二波即将拉开帷幕。

"蒙娜丽莎"行动第二波

吃完晚饭,妈妈刘芳依旧无精打采地坐在沙发上想心事。这次首先出击的是顾小西,她轻轻地走到了沙发背后,轻轻地捏着姨妈刘芳的肩膀,说:"姨妈,你还记得上次替我开家长会吗?"

"嗯。"姨妈刘芳只是嗯了一声，没再说什么。

"那你知道吗，你走后我们班主任找我谈话了。"顾小西说着，期待着姨妈问出下句，可是姨妈刘芳压根儿就没搭茬儿，顾小西只好再干巴巴地自己把话说下去，"我们老师告诉我说，下次不允许让姐姐来给你开家长会，必须得让长辈来！"顾小西在说完这句话之后，把头从沙发后面往前探，想看看姨妈刘芳笑没笑，谁知道正赶上姨妈刘芳也回过头来，她俩近到差点鼻子挨着了鼻子。

"你干什么呢，吓我一跳！"姨妈刘芳说。确实，两个人那么近距离地看彼此是挺吓人的，不相信你可以试试。

"姨妈，我们老师那话可是在说你年轻呢，难道你就不高兴高兴？就不能为自己的天生丽质，为自己的窈窕淑女，为自己的风韵犹存，为自己的……半老徐娘……笑一个？"顾小西一慌乱，一下子用错词了。

"嘿，你别说下去了，你再说下去我就入土为安了，我还哪儿高兴得起来啊我！"

"唉！"顾小西长叹一口气，功亏一篑！

下一个出动的是李多米，他想出来的是非常俗套的，但却又百试不爽的一招，那就是要帮妈妈洗脚，他要博取妈妈欣慰的一笑。

他特意烧好了一壶水，在厨房混了冷水勾兑得水温刚刚

好，晃晃悠悠地端着一大盆水从厨房向客厅进发，要给妈妈刘芳洗脚，他想用这个方式博妈妈一笑。

从厨房到客厅，要经过卫生间，他刚走到卫生间门口，李多乐正从里面冲了出来。啪嚓！说时迟那时快，这一盆水被撞翻了，全洒在这小哥俩的身上了，一点都没浪费，水顺着两人的衣服往下滴，地板上湿了一片。

妈妈刘芳听见水声，回头看他俩，眼睛里就差飞出火球来了。

"今天不是泼水节哈……"李多乐搜肠刮肚地想出个俏皮话想缓和尴尬的气氛。可谁知道，妈妈刘芳霹雳一声吼："你们两个，气死我了！"

他俩赶紧落荒而逃，名副其实的两只落汤鸡。

"唉！"李多米一边换掉身上的衣服，一边叹了口气。李多乐悄悄地扒着门缝儿往外看，妈妈刘芳正在用墩布拖地呢，脸色相当不好看。

"现在可不是好时机，看来我得等等再出手了。不是我说你们俩，你们俩也太菜了，想的那些主意一点智慧含量都没有，还想赚钱？钱是那么好赚的吗？等一会儿看我吧，等你哥哥我赚钱了……"

"请我吃冰激凌！"李多米说。

"想得美。"李多乐扬起了脑瓜，此时的他对自己充满了信心，胸有成竹。

缓和了一会儿，李多乐从卧室里出来了，他可是着实花费了些心思，细心地准备了道具。道具是十五张折好的卡片，卡片上面都预先写好了吉祥话，比如"财源滚滚"、"招财进宝"、"万事如意"等，同时为了真实性，也写了几个不吉利的话，比如"乌云罩顶"、"小人当道"等。在李多乐的班级里，就有女生在纸条上写类似好的和坏的话，让大家抽，把这个叫做"占卜"。抽到好的签就代表有好的运气，抽到不好的就要倒霉。而每次抽到好签的同学都会高兴得一蹦三尺高，所以李多乐要用这个方法来讨妈妈开心。

"妈！"李多乐坐到沙发边上，贱声贱气地叫了这么一句。

"我鸡皮疙瘩起了一身，你能好好说话不！"妈妈刘芳说。

"妈，想知道今年你的运气吗？我是最最灵验的占卜师，抽一张签吧，这会把命运之神的旨意带给你。"李多乐特意学了漫画里占卜师说的话。

"那我就抽一张？"妈妈刘芳对此好像有点兴趣。她说着，从签里抽出了一张。

"给我。"李多乐说。

妈妈把签放到了李多乐的手上，李多乐拿到签，打开来一看，夸张大声地说："哇，财源滚滚！上上签！妈，你今年要发大财了！"

可是妈妈刘芳听到"财源滚滚"这四个字的时候，不仅一点都没有高兴，面色反倒更阴沉了："本来现在单位就正在裁员，结果我抽到的竟然是'裁员滚滚'，唉！"她说着，长叹了一口气。原来是妈妈被经济危机搞得太敏感，"财源"的谐音可不就是"裁员"，她一下子又联想到了闹心事儿。

听妈妈这么一说，李多乐有些慌张，急忙说："那这个不算，不算，你再抽一张。"

妈妈刘芳又抽了一张，放到了李多乐的手上，李多乐打开一看，说："哇噻，招财进宝！上上签！"

"'遭裁禁饱'，不仅要被裁员，而且回家之后连饭都吃不饱了，我怎么这么命苦啊……"妈妈刘芳话里带着哭腔。看来妈妈刘芳真是被单位的那点儿破事儿折磨得要崩溃了，连这个也能联想出来。

"那这个也不算，再抽一张！"李多乐的额头有些冒汗，手有些哆嗦。

"不抽了，不抽了！"妈妈刘芳说着从沙发上起身回卧室，"伤自尊了我！"

"唉！"李多乐手捧着一把卡片，长叹一口失败之气。

"蒙娜丽莎"行动第二波再次失败。

妈妈的笑容回来了

　　接连碰壁的三个家伙向爸爸李天明求援。他们向爸爸李天明详细地讲述了他们"蒙娜丽莎"行动第一波和第二波的经过，并且沮丧地告诉他，所有的行动都以失败告终。

　　爸爸李天明听完了他们的讲述，看着这几个垂头丧气的小家伙，对他们说："我让你们逗妈妈笑，你们就只会想办法去逗她，去讨好她。但是你们的思路其实是不对的，要想让一个郁闷的人发自内心地高兴，就要去想办法解除她的烦恼。幽默和讨好在人心情好的时候可以锦上添花，但是只有给人内心的安慰才是危难中的雪中送炭。"

　　"那妈妈的烦恼是什么呢?"李多米问。

　　"经济危机，单位动荡，姨夫在之初就说过，我怎么这么笨呢!"顾小西年龄最长，也是对姨夫李天明的话理解得最透彻的，她拍着自己的脑袋，懊悔不已。

　　"可不是吗，妈妈是怕裁员，怕丢了工作。"李多乐一下子明白了为什么妈妈在抽签的时候抽到的明明都是好签，却做出那样的反应。

　　"知道了妈妈的烦恼是什么，你们应该能想出新的办法了吧?"爸爸李天明说。

"那当然，办法已经在这儿了!"顾小西指指自己的脑袋说。

第二天是周六，他们在顾小西的房间里做了精心的准备。晚饭的饭菜已经摆上，趁着大家还没有动筷，顾小西、李多乐、李多米分别站了起来。

"妈妈，我们要给你表演一个节目。"李多米说。

妈妈刘芳想到前几次这几个家伙搞出来的那些荒唐事儿，心有余悸，没敢搭茬儿。

"什么节目?"爸爸李天明赶快出来给他们解围，好让他们能够顺利地继续。

"诗朗诵：妈妈的笑脸!"李多乐用朗诵诗歌的语调说，搞得妈妈刘芳又是一激灵，鸡皮疙瘩起了厚厚一层，但是这次她倒要看下去，看这几个家伙又能搞出什么名堂来。

> 诗朗诵：妈妈的笑脸
>
> （李多米）工作丢了可以再找
>
> （李多乐）但是，妈妈的笑脸没有了
>
> （顾小西）我们会很苦恼
>
> （合）工作有很多个
>
> 妈妈只有一个
>
> （李多米）钱赚少了可以少花
>
> （李多乐）但是，妈妈的笑脸少了

（顾小西） 我们无法自拔

（李多米） 冰激凌可以不吃

（李多乐） 新球鞋可以不买

（顾小西） 连衣裙可以不穿

（合） 可家里不能没有妈妈的微笑

（李多米） 云散总有晴空

（李多乐） 雨后总有彩虹

（顾小西） 危机过后总会再繁荣

（合） 一切会好的

　　　　妈妈笑一个

　　坐在座位上的妈妈刘芳终于绽开了笑脸，然而笑容中却含着泪，那是幸福的眼泪。

　　"犹太人有句名言：一切都会好的！因为有了乐观的情绪，才让这个民族无论在什么艰苦的环境都能很好地生存和发展，我们应该学习点这种乐观精神！"爸爸李天明又犯了作家的职业病。

　　"妈妈笑容已绽开，爸爸红包快拿来！"听完了爸爸的教导，这三个家伙同时向爸爸李天明伸出了手。

李多乐捉鬼记

恐怖的无脸人

夜深人静，月光从窗帘的缝隙钻进卧室，黑丝绒般的夜色和朦胧的月光在这个空间里混在一起，像一杯还没来得及搅拌的咖啡加牛奶，芳醇又充满神秘。

李多米和李多乐睡得正酣。突然间，李多乐感觉自己醒了，醒来的他没有动，也没有睁眼。他能够清醒地知道自己不是在做梦，因为他清楚地听到了闹钟走动的滴答声，也听到了李多米匀称的呼吸和微微的鼾声。

而刚刚做过的梦还停留在李多乐的脑子里，那是一个特别清晰、奇怪的梦。一个看不清长相或者可以形容成没有脸的人，来到了他的床边，李多乐唆使他去胖大海家，帮他偷他最喜欢的球星签名足球。那个人竟然答应了他，真的去了，可是他刚走，李多乐就醒了，醒来发现这竟然是一场梦。他不免有

些失望，看来是想那个签名足球想疯了，他嘲笑自己。可是，接下来却发生了让人意想不到的事。

醒来的李多乐刚想要继续入睡，忽然感觉到那个人又推门进来了，手里拿着那个签名足球，正是梦里那个脸部模糊让人看不清的人！李多乐骤然紧张起来，梦里的事情怎么会延伸到现实中来，莫非……莫非是……有鬼？当鬼这个字眼噌的一下蹿进李多乐的脑海，他当时就冒了一身冷汗。

可是就在他迟疑、恍惚间，那个人已经走到了他的床前，并且伸出手把足球递到了他的面前。李多乐刚要伸手去接，可是说时迟那时快，那个人猛地把足球按到了李多乐的身上。李多乐感觉到有一股强大的力量通过那双手和那个足球传递到他的身上，按压着他，让他一动也不能动。此时他已全身麻木了，如瘫痪了一般。他想大叫求救，无奈喉咙也不听使唤，干涩得发不出任何声音。

李多乐的头脑还很清醒，可是身体却完全不听使唤，这种感觉就好像是灵魂出了窍，眼睁睁地看着自己的肉身受到摧残。他的心跳不断加速，血往上涌，汗水也好像急着要从这个被压制住的身体里逃脱一样，不断地往外冒，被窝里湿漉漉的一片。

过了好一阵，像海水退潮一样，他身体的麻木感觉渐渐退去，那个看不清脸的人也已经没有了踪影，他终于能动也能

发出声音了。"鬼啊!"李多乐凄厉的叫声划破了夜晚的宁静。

棚顶的神秘声响

"我发誓,我不是在做梦!那个时候我已经醒了,都听到闹钟声和你打呼噜的声音了!"李多乐向被他惊醒的李多米描述了他刚刚的恐怖经历,李多米却说他是做了噩梦,李多乐坚持认为刚刚发生的不是梦,而是一次灵异事件。"那个人没有脸,就好像是《哈利·波特》里的伏地魔一样……"李多乐又添油加醋,而且用了营造恐怖氛围的声音向李多米描述。

虽然李多乐已经拧开了床头的台灯,但那也不过在房间里亮起了一圈昏黄的光,丝毫没有冲淡夜晚的幽谧。黑暗的角落和灯光投下的暗影里,好像隐藏着很多秘密。

"你别吓我……"李多米听着,脑子里立刻反应出电影里伏地魔丑陋、恐怖的样子,他不禁抓紧了被角,往上提了提,也绷紧了整个身体。但是他的脑海中又浮现出了一个疑问:"可是……伏地魔为什么会帮你偷胖大海的足球?难道胖大海的签名足球是……'死亡圣器'?"李多米正在读《哈利·波特》的第七本《哈利·波特与死亡圣器》,一提到伏地魔,自然而然地把李多乐的描述和书里描写的奇幻魔法世界结合到了一起。

"我只是说他没有脸,像伏地魔,又没说他就是伏地魔。

还'死亡圣器'？……你看《哈利·波特》看走火入魔了吧，幼稚死了！"李多乐对李多米刚刚的言论嗤之以鼻。

"好，我幼稚！幼稚的我要睡觉了，成熟的你自己担惊受怕吧……"李多米无辜地挨了一顿呲儿，耍上了小性子，盖了被子翻过身去要继续睡觉，虽然心里也有些没有来由的恐惧。

李多乐见李多米翻身要睡觉了，伸手去关灯，也想继续睡。但是灯刚一关上，他身上的鸡皮疙瘩就又刷地起来了，他的小心肝儿又惊颤到一个境界。他受不了了，总感觉自己的床头站着一个无脸人，随时随地都要来谋害他。他一时恐惧攻心，一个鲤鱼打挺，"噌"地从床上爬起来，蹿上了李多米的床。"往里点，挤一挤。"他一边拉开李多米的被窝一边说。

"我不是都幼稚死了吗，你还往我床上挤？"李多米说着往自己这边拉了拉被子。

"哎呀，你不幼稚！你那叫想象力丰富！想象力丰富可绝对是夸人的话啊！J.K. 罗琳就想象力丰富，要不然能写出《哈利·波特》吗？"李多乐的脸变得比七八月的天气还要快，他嘴上说着谄媚的话，心里却吐着苦水："幼稚鬼，我现在是寄人篱下，看你以后有求着我的时候！"

"那你说那个人能不能是伏地魔啊？"李多米一听李多乐服了软，他又来了劲头儿，翻过身来有些兴奋地和李多乐讨论。

"这……"李多乐还真不知道怎么回答这个问题。其实他

心里是有答案的，还是那三个字——"幼稚鬼"！但是躺在李多米的被窝里，算是沦落到别人的地盘儿，让李多乐没了立场了。

"我知道……可能不是……因为去国外都要办护照的，而且要会外语。伏地魔应该办不下来护照，另外他只会英语，也没办法用中文念咒语啊！所以是他的话也不怕！"说起了《哈利·波特》，李多米可真是滔滔不绝。

可李多米的这番言论真是让李多乐不由得悲凉起来："见了鬼的灵异事件，竟然让我堂堂一个五年级的高才生沦落到和一个三年级的幼稚鬼讨论伏地魔会不会汉语……唉，我装睡吧我！"只要是和"装"相关的事情，李多乐全部擅长。他想着，均匀了自己的呼吸，发出了微微的鼾声。

"这么快就睡着了，没劲透了！"李多米说着，翻过身去也闭上了眼睛。

夜渐深，李多米的呼吸慢慢地又匀称起来。李多乐却再也睡不着，他还在想着刚刚的那个似梦非梦的灵异事件，不由得一阵一阵的紧张。可是就在他困意来临迷迷糊糊的时候，又发生了一件让人不可思议的事。

李多乐清清楚楚地听到卧室的顶棚传来了砰砰声。那声音两三声两三声地响了好几次……他赶快用被子蒙住自己的头，用手紧紧地攥着被子。蒙在被窝里，他仔细地分辨那让他惊恐但却好像很熟悉的声音，他突然想起来了，那声音像极了足球掉落在地上又弹起的声音，只是比那声音稍微轻小一点点。足球，莫非是刚刚那个无脸人又回来了？李多乐想着又冒了一身的冷汗。

早餐时的意外收获

好不容易熬到了天亮，这一夜，对于李多乐而言，简直可以用惊心动魄和今夜无眠来形容。早上，坐在餐桌边，李多乐难免哈欠连天。

"怎么昨天晚上没睡好吗？"妈妈刘芳关切地问。

"我昨天……"李多乐刚说话，却被妈妈打断了："我没问你啊，我是问姐姐顾小西呢！你睡没睡好每天早上都哈欠连天的，没什么差别。"

妈妈的这一句话把李多乐给噎得够呛，李多乐好像受了一肚子委屈一样心情低落。"让你不关心我，我还不和你说了呢！"李多乐小暴脾气又上来了，也不知道是在和谁较劲。

"我们语文老师布置背诵课文《宋定伯捉鬼》，是文言文，特难背。老师说今天早上要提问，我背到半夜才背完。"顾小西说着，又打了一个哈欠。

"都跟着姐姐学着点儿，看看姐姐多用功！"妈妈听顾小西

说完，转过脸儿来教育这两个她心里的浑小子，语气如秋风扫落叶一般，之后又像是变了个脸儿一样，转过头来春风和煦地对顾小西说，"你也不能太累了，努力到了就行。"

"谢谢姨妈。"顾小西有些不好意思地低下了头，其实她昨天晚上是看郭敬明的小说看到了后半夜，拿背课文当幌子呢，被姨妈这么一夸奖一关心，难免感觉有些羞愧难当。

本来李多乐对妈妈的这种差别待遇是相当计较的，但是现在他可没时间再去想这些，他倒是对顾小西说的《宋定伯捉鬼》很感兴趣，于是他开口问："姐，《宋定伯捉鬼》写的是什么啊？"

"就写一个人走路，半夜遇到了鬼，他就把鬼给捉了，到市场卖了钱。"顾小西粗枝大叶地给他解释，一边还不停地看表。

"那他是怎么捉到鬼的啊？"李多乐特好奇地问顾小西。

"哎呀，检查背诵，老师让早点到，不行，我得先走了。"她说着把剩下的面包塞进嘴里，拿起书包匆匆忙忙地就往外走。

"嗨，你还没告诉我他是怎么捉到鬼的呢……"李多乐冲着顾小西喊。

"我要迟到了……"顾小西说着"啪"的一声从外面把门关上了。

"爸，你肯定也知道那个文章吧，他怎么捉住鬼的啊？"无奈中，李多乐只能向爸爸求教。

"你还别说，我还真有点忘了。大概是他跟鬼聊天，问鬼怕什么，鬼告诉他说它怕……哎呀，爸爸也快来不及了，等下班回来查查再告诉你。"爸爸说着匆匆地抹了抹嘴，拎起公文包，大步流星地往外走。

"还不快吃，一会儿你俩也迟到了！"妈妈刘芳又催促他们俩。

"鬼到底怕什么呢，爸爸怎么非得把话停在这儿就不说了！唉，只能放学回家才能得知答案了。"李多乐只得把这个疑问抹在了面包切片上，先嚼烂了压到肚子里。

古文里的捉鬼术

晚上一进家门儿，李多乐第一句话问的是："小西姐回来了吗？"

"没有呢，姐姐比你们放学晚，怎么可能早回来啊。"妈妈一边接过李多乐的书包一边说。

"那爸爸下班了吗？"李多乐又问。

"你又不是不知道爸爸几点下班，这个点儿他能回来吗？"李多乐问这种没营养的问题的时候，第一个问题妈妈刘芳还能耐着性子回答，到第二个妈妈刘芳就有点压不住火儿了。

李多乐也没心情和妈妈计较，他已经憋了一天了，就想知道鬼到底怕什么，想知道宋定伯是怎么捉住那个鬼的，他现在终于明白了什么叫做"求知若渴"。他实在是忍不住了，只能潜进了顾小西的房间，寄希望于能够在顾小西的书本上找到一些线索。

顾小西的书桌上空空如也，书架上整齐地摆放着时尚杂志、参考书……在参考书的那一层，李多乐注意到了一本叫《文言文手册》的参考书，他隐约地记得顾小西早上说《宋定伯捉鬼》是一篇文言文，他寄希望于能够在这本书里找到它。

不负他所望，他还真在目录上找到了这篇文章。他顿时大喜，几乎是颤抖着翻到了那一页。通篇的文言文，李多乐只能硬着头皮结结巴巴地阅读，就好像他的舌头走在了坑坑洼洼的路上："南阳……宋定伯……年少……时，夜……行逢……鬼……"哎呀，对于李多乐而言，这跟外语差不多，他不免又在心里迁怒于古人："这些古代人可真是的，就不能好好说话吗？也不知道给几千年后的炎黄子孙们出了多少难题……你们来一次精神，就搞得我们快要神经……"他想着，看着这些"文言文密码"，不禁长长地叹了一口气。你就说这一口气叹得有多长吧，硬是把一页书给吹得翻了过去，可是这一翻，却是给了李多乐一个柳暗花明的转机。

书页翻过去，是这篇文章的译文，这让李多乐大喜，他赶紧凑近书页，仔细地研读。他正在翻看，李多米探头探脑地也钻进了顾小西的房间，说："我就知道你在这儿，有什么发现？"

"我看过了，这个文章大概讲了这么个事儿：一个叫宋定伯的人，夜里走路遇到了鬼，他就和鬼侃上了大山。他问鬼，你谁呀？鬼说我是鬼。鬼又问他，你是谁呀？他满嘴跑火车，说我也是鬼。鬼问他去哪儿啊，他说逛街去，鬼说它也去，于是他俩就一起去了。鬼嫌走路慢，就建议两人交替背着走，可能快一些……"

"为什么两人交替背着就能走快一点呢？"李多米又产生了疑问。

"嘿，对呀。我背着你走路肯定得比咱们俩分别走要慢啊……"李多乐低着头，若有所思的样子。

"呀，我知道了！妈妈不是老用'鬼话连篇'骂咱俩吗……"李多米的头脑灵光乍现。

"还别说，还挺有道理，鬼说的话不能当真，肯定是满口蒙骗人的胡言乱语。"李多乐对李多米的话表示赞同，继续给他讲《宋定伯捉鬼》，"鬼怀疑宋定伯在欺骗它，因为他过河蹚水的时候发出声音，背在身上也有重量，而鬼蹚水没有声音，背在身上也没有重量。宋定伯就又骗他，说我是新鬼，菜鸟一只，不要大惊小怪的。关键的来了……"

29

"什么关键的？哎呀，你可别卖关子了……"李多米伸着脖子也往书上看。

"他问鬼，我是新鬼，不知道鬼怕什么。鬼就告诉他，不喜欢人的唾沫。"李多乐的心情那个激动啊，"原来鬼怕这个啊……哈哈……"

"鬼这次说的是真话吗？也许它还是在'鬼话连篇'呢！"李多米又给李多乐迎头一盆冷水。

李多乐咧开的嘴角尴尬地定格在那里，那刚刚露出满足和狡猾光芒的三角眼儿也尴尬地定格在那里，他小眼珠滴溜溜又一转："有道理！得往下看。"他说着，赶紧往下继续看下去。"哈哈哈哈……"他读完了，合上书仰天大笑。

"你笑什么啊！怪吓人的！"李多米其实是等不及了想知道结局到底是什么。

"宋定伯朝鬼身上吐唾沫，鬼变成了一只羊，被变卖了一千文钱！还是咱们中国人厉害，用几口唾沫就把鬼给制伏了，还不忘了卖成钱。那个J.K.罗琳，弄那么多咒语，最后哈利波特虽然打败了伏地魔，却一分钱也没拿到。"李多乐说着，语气有些奇怪，貌似话里有话。

"你不会是……"李多米大概猜到了李多乐的想法，但是他不敢确定，感觉那有些冒险。

"没错儿，我也要捉鬼！到时候让咱爸写一篇《李多乐捉鬼》！哈哈哈哈……"李多乐得意地笑，得意地笑……

无辜的"女鬼"

说来就来，李多乐开始为捉鬼进行精心准备。他翻箱倒柜地找出了好几把水枪，而且给李多米也安排了任务。李多米的任务既特别又艰巨——往盆子里吐唾沫。

这可真是难为了李多米，他吐得口干舌燥，都有点干呕的症状出现了。但是李多乐还是鼓励他说："那可是咱们的军火！全靠这唾沫来制伏鬼呢，到时候卖了钱，分你，够买不少冰激凌呢！"

一听到冰激凌，李多米又有了动力，他对着盆，一口一口地吐唾沫。

李多乐准备了一条绳子，还把当时给小狗乖乖买的铃铛找了出来，挂到了绳子上。

"你这是要干什么？"李多米好奇李多乐又搞什么名堂。

"我们把这条绳子拉在门口，鬼来了铃铛就会响！"李多乐小声地在李多米的耳边说，那样子好像提防着怕鬼听到似的。

"鬼蹚水都没有声音，能撞到这根绳子吗？"李多米又提出了质疑。

"怕它不发出声音，我要把绳子先泡到盆子里……盆子里

31

都是你的唾沫，鬼可是怕人的唾沫呢！"李多乐觉得自己简直是聪明绝顶了！

两人忙活了一阵子，终于一切就绪。李多乐负责战略部署——贡献了不少脑细胞，出了不少馊主意。李多米负责提供军火——贡献了好多好多的口水，算起来够他大声朗读五篇课文，也够在哈根达斯门口垂涎一个钟头了。

夜渐深，黑暗缓缓地把每一缕光线吞没。李多乐和李多米把唾沫线在门口拉好，两人潜伏在被窝里，拿着装满了唾沫的水枪，等着昨夜的鬼怪再次来访。

时间一分一秒地流过，两个人都有些不争气地犯了困，上眼皮和下眼皮迫切地想要拥抱在一起，在眼睫毛铺盖的暖窝里酣眠。可是就在这时，毫无征兆的，门口的铃铛竟然响了起来。李多乐和李多米赶紧惊慌失措地抬起头，他们看见卧室门被打开了，门口站着一个穿着白袍披头散发的……女鬼……

"开火！"李多乐一声令下，李多米和李多乐火力全开，按动水枪，向目标喷射！

"你们干什么！"目标竟然发出了声音。

"这声音怎么有点熟悉……"李多乐在心里犯着嘀咕，但是手上却没有停，继续火力全开。

"是我……顾小西！"目标"女鬼"爆出的这句咆哮，让他俩傻了眼。

李多米赶紧把灯打开，看着披头散发的顾小西，穿着白睡裙，被水枪喷了一身的唾沫，相当的悲惨。

"啊！"这回轮到顾小西大声尖叫了，"你们让我湿身了！"

"失身？"妈妈刘芳刚睡着，就听得顾小西大叫着"湿身"，而且她用她成年人的惯性思维把这误解为了"失身"，这下可炸了锅了！

妈妈刘芳推醒了爸爸李天明，两人惊慌失措地往外跑，正看到顾小西披头散发穿个白睡裙在对着李多乐和李多米大吼大叫："看你们把我的睡衣都给弄湿了……"

"嗨，原来是这个'湿身'，现在这些小孩儿，真敢用词儿。"妈妈刘芳翻了个白眼儿，松了口气。

"姨妈，你瞧他们俩啊！我睡觉前想把我的《文言文手册》找出来放书包里，明天上课用，可是怎么找也找不到。今天早上李多乐不是追着我问《宋定伯捉鬼》吗，我就想看看在他这儿没。谁知道一进门，就被他俩用水枪给我弄了一身水。"顾小西像姨妈刘芳大吐苦水。

"谁叫你披头散发的，还穿个白衣服到处乱晃，不知道的以为你是女鬼呢！"李多乐说。

"我不是刚洗完头发吗……姨妈，你瞅他啊，说我是女鬼。"顾小西摇着姨妈刘芳的手，跺着脚撒娇。

"李多乐，你给我说说，这到底是怎么回事儿！"妈妈刘芳

厉声道。

李多乐只得缴械投降了，把昨天晚上发生的"灵异事件"的始末跟妈妈刘芳和爸爸李天明和盘托出。

"嗨，我还以为是什么事儿呢。你那叫'鬼压床'，已经被科学给破译了。在睡觉时，突然感到仿佛有千斤重物压身，蒙蒙眬眬的喘不过气来，似醒非醒似睡非睡，想喊喊不出，想动动不了，人们感到不解和恐怖，就好像有什么压在身上，再加上配合梦境，就给起了个形象的名字——'鬼压身'。其实它的学名叫做梦魇。同做梦一样，梦魇也是一种生理现象。当人做梦突然惊醒时，大脑的一部分神经中枢已经醒了，但是支配肌肉的神经中枢还未完全醒来，所以才会产生这样的现象。"爸爸李天明耐心地给他们解释。

"可是后来我还听到足球打到地板上的声音，那又作何解释？"李多乐的内心还在纠缠不清。

"有人在网上做了一个调查，这种声音有百分之八十的人听到过，我也经常能听见，开始还以为楼上人家的小孩子玩弹珠呢，每次都是两到三声像弹珠球跌落在地上又弹起的声音……每次都是两到三声……而且都是在半夜听到，可是我问了楼上的邻居，楼上没有小孩子。后来我又查了资料，原来这种声音是脆性材料如玻璃、水泥断裂而发出的声音。如地板的找平层、吊顶部分由于导热能力差、变形不同，导致开裂。这种动静有时很大，但很正常，不过是释放残余内应力而发生的一种自然现象，并不具备任何灵异之处。"

这下李多乐没什么可说的了，李多米也解除了头脑中的疑问。

"这个世界上究竟有没有鬼，我没法儿给你定论，但绝大部分时候，我们都是自己吓自己。"爸爸李天明又补充说。

"你们这喷的是什么水啊，怎么是臭的？"过了半天了，顾小西这才发现喷在自己身上的"水"有问题。

"是……是……我的唾沫……"李多米低着头，调皮又有些尴尬地吐着小舌头。

"啊！"顾小西的大声尖叫又升了一个八度，估计再高点儿就飙出海豚音了！她尖叫着转身赶快去卫生间，清洗！

外星人来袭

夜空惊现 UFO

晚上，吃完晚饭，爸爸李天明在书房里写作，妈妈刘芳窝在沙发里看电视，李多米、李多乐和顾小西都在各自的卧室里学习。突然，小区的小广场上传来一阵嘈杂的声响，晚餐过后出来散步的人们突然叫喊起来，不一会儿就聚拢了很多的人。李多乐和李多米两个爱热闹的家伙，听到声响就赶快从座位上站起来，挤到窗口看热闹。他们看到广场上突然躁动的人群，就不管不顾地要冲下楼。

"这俩孩子，属穆桂英的，阵阵落不下！"妈妈刘芳也在窗口往外看呢，看着多乐和多米你推我搡地往外跑，就一边念叨着，一边提醒着他们，"我说你们小心点儿，别摔着！"

他们以消防员接到火警的速度穿上了鞋子，冲到了小区的小广场上。"叔叔，这是怎么回事儿啊?"李多乐逮着人就问。

"UFO，巨大不明飞行物！"叔叔嘴里搭着腔，眼睛没闲着，脖子仰得老高，冲着西侧夜空看。

"什么是UFO？"李多米问。

"怎么那么没文化呢，真给我丢人！UFO就是'飞碟'！"李多乐不耐烦地对李多米说，也仰头朝西侧天空看。

"飞碟？外星人？"李多米难掩心中的兴奋，也扬起了脑袋。

果然，在夜空中，盘旋着一些闪着光的飞行物体，它们飞得非常高，且速度不快，散发着红色光芒。

"有十三个！"人群中有人说。

"它们看起来就像是发着不同颜色光芒的旋转管子一样。"李多乐说。

"它们组成Z字形飞行。"人群中又有年长的人说。

"那真的是外星人的飞船吗？"李多米一边看着这令人不可思议的景象，一边自言自语。

"可千万别眨眼，这可不是谁都能有机会看见的！"李多乐用手指把自己的眼睛撑大，盯着天边看。那些飞行物的光芒却越来越微弱。"看来他们完成了神秘任务，要回去了！"李多乐又说。

"完成什么任务？"李多米对李多乐没头没脑的话不太理解。

"侦察地球啊，你没看到电影里老演嘛，外星人向地球发动攻击！"李多乐说。

"天啊，那咱们不是很危险！"李多米被李多乐的话给吓到了。

"别瞎说，现在咱们提倡和谐社会，那外星人也说不定搞什么和谐宇宙呢，说不定是来地球友好访问呢！"旁边又有老者说。

大家就这样七嘴八舌地议论开了，而那些飞行物慢慢地在天际消失。幸好刚刚有些人在震惊中反应过来，拿出了手机，拍摄下了这空中奇景。

"回家把它发到网上去，看看别处有没有人看到。"有人说。

"应该给电视台新闻中心打电话。"有人提议。

"还应该联系国防部和相关的 UFO 专家。"又有人提议。

不明飞行物消失之后，人们用言语和情绪把这个事件推向另外一个高潮，过了好一会儿人群才慢慢地散开，但是三三两两离开的人们嘴里还在不停地说着，谈论并没有停止。

势均力敌的挑战

回到家，李多米鞋子还没脱下来，就开始喊："妈妈，妈

妈，我看到外星人的飞船了，U……U……"他一着急，还想不起来了。

"UFO，小笨蛋！"爸爸李天明说。

"站在窗口就能看得清清楚楚的，非得跑楼下去看！"顾小西说。

"你懂什么啊，你透过一层玻璃看UFO，就跟通过电视机看明星演唱会一样，那和亲临现场的感觉能一样吗？我们体验的是现场感，你这种小女子的眼界就是狭窄！"李多乐不服气。

"你眼界才狭窄呢！看你那小眼睛跟个小耗子似的，没听过有个成语叫'鼠目寸光'嘛！"顾小西见李多乐的火势威猛，不得不转为人身攻击，而且直击其痛处。

"眼睛大能怎么啊，青蛙眼睛大，但是只能坐在井底下看到巴掌大的一片天，那叫'坐井观天'！"李多乐反击。

"三句不到头就开始吵，真不知道你们怎么那么精力过剩！"妈妈刘芳听他们斗嘴有些烦，又开始数落他们。

"爸爸，李多乐说那些外星人是来侦察地球的，然后对地球发起攻击，你说是吗？"李多米坐在沙发上问爸爸。

"小说和电影经常会那样说，但是实际上外星人是不会攻击地球的。"爸爸李天明说。

"怎么就不会攻击地球呢？"李多乐不同意爸爸的观点，"有谁支持外星人会攻击地球的，举手！"

"我觉得外星人有对地球发起攻击的可能。"妈妈刘芳说。

"妈妈，那你倒是举手投我一票啊！"李多乐冲着妈妈说，见妈妈还不行动，干脆就走到妈妈身边，用手把她的手托了起来。

"意思表达了就行了呗，还非得举手干什么啊，又不是总统大选！"妈妈刘芳又训斥他。

"可是我却赞同姨夫的观点，我觉得外星人不会攻击地球。"顾小西说。

"现在是势均力敌，我有个提议，我们可以举行一个小型的家庭辩论赛！我和顾小西是正方，我们的观点是外星人不会攻击地球，妈妈和李多乐是反方，你们的观点是外星人会攻击地球。问题是李多米提出来的，那么李多米就做中立方，主持这场辩论，大家意向如何？"爸爸李天明说。

"我们接受挑战！"妈妈刘芳对爸爸李天明的提议很感兴趣，表示支持。

"那好，大家现在开始分头准备资料，各用电脑十五分钟，查询相关资料。同时再有十五分钟进行思路整理。现在多米你可以开始计时了！"爸爸李天明说。

"那第一个十五分钟先要给我们反方！"妈妈刘芳说着，冲进了书房。

"好，我们让着你们！"爸爸李天明说着，和顾小西坐在桌子边开始了他们的讨论。而李多米在一边认真地看着表，掐着时间，并且不断地把剩下的时间通报给他们。

"现在还剩下十分钟！"

"反方用电脑的时间到，由正方查资料！"

"还剩下最后的五分钟！"

……

李多米的倒计时通报让家里一下子有了竞赛的氛围。"时间到！"在李多米一声号令下，大家停止了手上忙碌的准备。一场惊心动魄的辩论一触即发，一场看不见硝烟的唇枪舌战即将打响。

UFO 家庭辩论赛

大家把餐桌当成了临时的辩论桌，爸爸李天明和顾小西坐在一侧，妈妈刘芳和李多乐坐在另一侧，而李多米则坐在正中间。大家都正襟危坐，空气中充满了火药味儿。

"现在我宣布，'UFO 家庭辩论赛'现在开始！按道理说辩论双方各自要有四个队员，一辩、二辩、三辩、四辩。现在呢，两队各有两个队员，分别是一个长辈带领一个晚辈，那么我们就不用麻烦地去说什么一辩、二辩啦，省得你们搞不清楚自己的角色，我就把你们按照岁数分为岁数大的辩手、岁数小

的辩手。所以下面请正方'大辩'进行观点陈述，限时两分钟!"李多米的班级组织过辩论赛，所以他对此并不陌生。

"'大辩'……我怎么听着这么别扭啊?"爸爸李天明微微皱了皱眉说。

"请不要质疑中立方制定的比赛规则，我不是怕你们搞混，我是怕我自己搞混，我承认行了吧?请正方'大辩'发言!"年龄大的辩手简称"大辩"，也亏他想得出来。

"主持人好，对方辩友好，我先陈述我方观点，我们主张外星人不会攻打地球。首先，我想说，外星人能够跨越人类不可想象的遥远星系来到地球，那代表他们有人类不可想象的高科技，也代表有超越人类的高文明，一个超文明的生命体不可能会对另一发展中文明的生命体进行破坏!试问，假若是你，你会对家里一盆仙人掌上的细菌发动侵略吗?"爸爸李天明说。

"下面请反方大辩陈述观点。"李多米说。

"我怎么也感觉这么别扭呢……"妈妈刘芳也念叨了一句。

"主持人对反方队员提出警告!"李多米拿个小腔调，表情严肃地说。

"主持人好，对方辩友好，首先，我想说我非常不同意对方的观点。如果咱家的仙人掌上有很多的细菌，它们不断地繁殖，然后每天不停地在吞食咱们家的仙人掌，我能不找点农药来杀灭它们吗?如果杀灭不了，我会干脆连仙人掌也一起放到

46

家门口的那个垃圾桶里，怕它再传染给人！下面我再陈述我方观点——外星人会攻击地球。大家也知道，地球目前的状态是很适宜生物生存的，除了人类，地球上还有几百万种甚至更多的生命形式。这就证明目前地球的状态是接近完美的，如此适宜生物生存的环境，如果被一个科技比地球领先的文明发现，而他们那的环境又比地球恶劣的话，那么他们就很可能向我们进攻，夺取地球。我的发言完毕！"

"下面进入自由辩论时间，正反方交替发言，计时三分钟。"李多米说。

"一个能够进行远程星际旅行的高智慧生命体，他们会看上地球上的什么东西？能源？他们的飞行物不会是烧汽油的吧？矿产？大概随便找一颗星球，上面的矿产也不会比地球上的少！居住环境？以地球现在的污染程度，他们要改善，大概改善一下火星的环境成本更低！"顾小西站起来说。

"请你用大脑想想！外星人如果看上了地球的某种你根本就不知道的东西呢？就算看不上地球的什么东西，在学校你见过厉害的人会平白无故地去欺负一个打不过自己的人吧？你们那么想，完全是自我安慰。好日子过多了，不知道只有自己强大起来才能有相对的和平！"李多乐马上反驳。

"我们要相信地球的防卫力量，假如地球真有值得外星高智慧生命体的侵略价值，那么，他们不会不评估一下地球的防卫能力，侵略一个掌握核技术的星球，他们的代价是什么？当然他们可能把地球整个灭了，这个技术中美俄也会，但灭了地球，他们就得不到想要的东西！付出成本，得不到回报，我想这不是他们想要的！就像美国打伊拉克，打下来，发现没了石油，那不是他们想要的结果吧。"爸爸李天明又说。

"正方时间到，请反方继续发言。"

"某天我们探索到一个星球和地球环境一样，人类能正好生存。但那星球活的全是蚂蚱，而且巨多，就好像地球上的人类一样，那我敢问各位，如何对待这些蚂蚱？在蚂蚱本身看来，它们是蚂蚱，是友好的，在人类看来，蚂蚱就是有害的。那么地球人难道就不会成为别人眼中的'蚂蚱'吗？"妈妈刘芳说。

"反方时间到！下面请正反双方的小辩做总结陈词，限时三分钟。请反方小辩先发言。"

"嘿，什么时候我就成了'尿'了……"李多乐小声地嘟囔着，开始了他的总结陈词，"在我总结观点之前，我要先给大家讲这样一个小故事。有一天，一农夫去城里卖米，在路上碰到一外星人，由于言语不通，他们只好打手势。外星人比了个向下的手势，农夫比了个向上的手势。外星人伸出三个手指，农夫伸出一个手掌。外星人伸出拇指和食指，农夫比了个给钱的手势，外星人大惊，转头走了。农夫回到家，对老婆说：'我今天在路上碰到一个外星人，他问我："大米跌了吗?"我说："没跌，涨了。"他问："三斤多少钱?"我告诉他："五块。"他说给八斤，我比了个给钱的手势，谁知道他转身就走了。'外星人回到自己的星球，对自己的老婆说：'地球人太厉害了，我们以后都别去招惹他们。'老婆问怎么回事，外星人说：'我今天碰到一个地球人，就和他打手势说话。我告诉他我是天上掉下来的，他说他是地里长出来的。我说我杀过三个人，他告诉我他杀过五个。我说我是用手枪打死的，他更厉害，居然告诉我说是用手捏死的……'我讲这个故事，是形象地去表述矛盾产生的根源，就是沟通障碍！我们和外星人在语言上不通，难免会产生误解。我方大辩已经在陈述观点时陈述了外星人会攻打地球的根本原因，而这沟通障碍的存在则是外星人会攻打地球的直接原因！根本原因和直接原因都存在，所以我方观点是：外星人会攻打地球！试想，有一天地球被喜欢吃人肉的外星生物占领了，我们全人类变成了外星生物的食物，真不敢想象麦当劳里出售着菲力人排、麦香人块……外星小朋友高兴地啃掉人手上的指甲，外星妈妈提着菜篮子，在菜市场里跟人肉贩讨价还价。人类命运真是悲惨，每天都痛苦地过着日子……大家说，我们没有危机意识能行吗？生于忧患，死于安乐呀！"李多乐做了最后的总结陈词，故事是从网上搜来的，联想的部分是他自己的危言耸听，结尾的"危机意识"

和"生于忧患，死于安乐"是妈妈的成果。妈妈带头为李多乐精彩的总结陈词鼓起了掌。

"下面请正方小辩做总结陈词，限时也是三分钟。"掌声过后，李多米说。

"我的总结陈词不像对方小辩那么长……嘿，我这话怎么听着那么别扭啊……"顾小西真是受够了这"大辩"、"小辩"的折磨，她皱着眉头继续，"外星人没有攻击人类的需要，所以外星人不会攻击人类。第一，外星人与人类生活在不同的可繁衍生存环境中，彼此没有根本利益的冲突，就好像狮子和鲨鱼各自生活在不同的生存环境中，狮子不会去攻击鲨鱼，鲨鱼也不会去攻击狮子。第二，外星人与人类的占有力极其悬殊，人类对外星人的生存不构成任何威胁。第三，对外星人来说，地球没有任何他们需要的东西，你想，他们进入大气层先就领教了有毒的空气，好不容易落到地上喝袋牛奶还可能得结石，坐趟火车可能遭遇出轨，上个网又'很黄很暴力'……你说吓人不吓人啊？外星人即使来了，肯定丢下一句'地球太危险了，我们还是回火星吧'就离开了！第四，一个超文明的生命体不可能会对另一发展中文明的生命体进行破坏，人类之所以会有这样的幻想，完全是以小人之心度君子之腹！最后我衷心地祝愿宇宙和谐！"顾小西发言完毕，掌声再次响起。

"感谢双方辩手用你们的智慧和口才为我们奉献了一场精

彩的辩论，下面进入评分时间！"李多米又装模作样地说。

"评分啊，就你一个人儿？那能公正吗？"顾小西质疑李多米的公正性。

"我也对比赛结果的公正性表示怀疑！"妈妈刘芳也这样说。

"怎么不公正啊，问题是我提出来的，你们哪边说的话让我信服了，哪边就获胜了呗！为什么这么简单的事情到你们大人和小大人那儿就变得那么复杂呢？"李多米反驳他们。

"对，李多米说得有道理，那你说哪边获胜了啊？"爸爸李天明向李多米伸出了援助之手。

"我宣布，反方，也就是妈妈和李多乐获胜！"李多米站起来，走到妈妈刘芳和李多乐的身边，就好像是拳王争霸赛宣布胜者那样，举起了妈妈的一只手。

妈妈刘芳和李多乐击掌相庆，与之相对应的是爸爸李天明和顾小西垂头叹了口气。"真理总是掌握在少数人手中。"顾小西说着起身回了房间。

"妈妈，那你说，这次外星人干什么来了？我们现在有危险吗？"李多米又问妈妈。

"走，咱俩现在赶快回卧室，钻被窝里躲起来！"还没等妈妈刘芳回答呢，李多乐先抢着说。

"也该睡觉了，都几点了，外星人不来你们也该上床了，

明天还得上学呢！"妈妈刘芳拍了拍李多米的小屁股，笑着说。

外星来客 & 孔明灯

第二天一大早，大家刚睡眼蒙眬地从被窝爬起来，就看到爸爸开着电视机看早间新闻，电视里正播着昨天 UFO 的事儿："被公众们认为是'UFO'的不明飞行物，可能根本就不是什么外星来客，而是孔明灯！孔明灯与现代热气球的原理一样，灯笼内部经燃烧使空气受热膨胀而升空，许多年轻人经常在婚礼上或其他特殊庆祝派对上将买来的孔明灯放飞，通过这种活动进行祈福，已经成了一个新潮流。就在有民众反映发现不明飞行物的当晚，有一对新婚夫妇在附近的一家饭店庆祝他们的婚礼，购买了一百盏孔明灯，作为晚会的高潮和结束部分，从晚七时至八时，现场的嘉宾们许愿后把它们一一放飞。而从民众提供的发现'UFO'的时间和地点来看，都与这些孔明灯完全吻合！"

"该不会又要封锁消息了吧，怕大家恐慌，所以发布这么个新闻？"妈妈刘芳说。

"要相信政府的公信力，不要瞎猜测。"爸爸李天明说。

"爸爸，真的有外星人吗？"李多米不知道为什么，听到昨天自己看到的"UFO"竟然是孔明灯感到有些失望。

"浩瀚宇宙，神秘莫测，现在幻想中的一切都有可能在不远的将来成为现实，但那就要靠你们自己的学识和能力去探索和发现喽。"爸爸摸着李多米的小脑瓜对他说。

给妈妈的生日惊喜（上）

妈妈的生日就要来

"今天星期五，明天星期六，后天星期日……"李多乐坐在沙发上自言自语。

"不好好温习功课，在这儿废话练习呢？今天星期五，明天还能星期四？"妈妈刘芳的口气中有淡淡的责备。

"我在想，星期日就是你的生日啦，得给你准备份大礼！"李多乐觉得自己这顿批挨得有点冤。

"只要你乖乖的，听妈妈的话就好了，妈妈不要什么礼物。"妈妈刘芳听李多乐这么说，感到非常欣慰，脸色立刻多云转晴。

李多乐早就料到了妈妈会这么说，她年年都是这么说的，所以这一次他早有准备，说："那等我生日时，我也不要什么礼物，只要妈妈听我的话就好了。"

"嘿，你这孩子，怎么说话呢？"妈妈收起了笑容，又有些嗔怒了。

李多乐抓起一个果盘里妈妈刚洗好的大苹果，溜回房间了。

李多乐刚进卧室，李多米从里面出来了。看李多乐吃苹果，他也馋了，他也从果盘里拿了一个苹果，坐在沙发上吃了起来。他刚咬一口，想起刚刚听到李多乐念叨妈妈生日的事儿，随口问："妈妈，你的生日要到了，你有没有什么我能帮你实现的愿望？"

"愿望啊？还别说，我还真有！在怀你的时候，我就许了一个愿望，到现在还没有实现。"

"什么愿望？"李多米凑到了妈妈身边，撒娇地问。

"我许的愿望是：第二胎，我想要个女儿。"妈妈刘芳说。

"妈，这个愿望，你再等几年，等我当男孩儿当够了，我为了你去做变性手术去！"李多米右手举起苹果，慷慨激昂地说。

"嘿，你这孩子，跟谁学得这么油腔滑调啊，还变性手术，去，做作业去！"妈妈拍了拍李多米的小脑瓜。

李多米屁颠儿屁颠儿地回他的房间了。

不一会儿，顾小西出来喝水。看见姨妈一个人坐在沙发上看电视，顾小西便走了过来，站在沙发后面，贴心地为她捏起了肩膀，一边捏一边问："姨妈，你最近有没有什么特喜欢特想要的东西还没来得及买？"

"怎么着，也为了我生日的事情来打探情报啊？"姨妈刘芳一听就听出她是什么意思了。

"我是怕自己瞎买了，万一您不需要或者不喜欢怎么办啊！"

"小西啊，你们都还小，还没自己赚钱，你们记得我的生日，就证明你们有这份心意，这就足够了！等你们长大赚钱了，再好好孝敬我！"

"哎！姨妈你怎么也这么没有创意啊，这可是长辈生日客套话的标准版啊！"顾小西调皮地说。

"嘿，你这孩子……"妈妈刘芳还想往下说，但是想想顾小西这话说得倒还真对，当年自己的妈妈这么对自己说，现在自己有了儿女，自己也说这样的话了。她想着想着，嘴角爬上了幸福的笑容。她在想，能够有机会说出这个"客套话标准版"的妈妈，都是被儿女们想着的幸福的妈妈！

爸爸妈妈的密谋

晚上，在爸爸妈妈的卧室里，妈妈刘芳在修指甲，爸爸李天明靠在床头看杂志。妈妈刘芳突然想起了孩子们问她要什么生日礼物的事，她对爸爸李天明说："今天孩子们都问我要什么生日礼物。"

"他们越来越乖了。"爸爸李天明一边看着杂志，一边随口应着，马上又警觉地抬起了头，"你不会是在暗示我，你生日要到了，要我抓紧时间给你准备礼物吧？"

"说什么呢？我是那样的人吗？"妈妈刘芳说。

"你是。"爸爸李天明顺水推舟。

"李天明！"妈妈刘芳把声音抬高了八度，"我可不是跟你找架吵的，我是在和你说正经事儿。"

爸爸李天明赶快把杂志合了起来，放到了床头柜上，说："好，好，算我以小人之心度你君子之腹。我把杂志放下，专心致志地听你说正经事儿！说吧，孩子们问你想要什么礼物，你怎么回答的？"

"我能怎么回答，我心里当然是不希望他们给我买什么啊。一是买什么花的也是我自己的钱；二是他们买的那些东西，我也根本用不上啊！去年多米看他们班白莎莎戴了个大大的粉色蝴蝶结，觉得特好看，就买了一个给我做生日礼物，我还硬着头皮戴着它去了单位……"

"印象中你提起过这件事儿，说你刚进单位你那同事韩姐上来先摸你的额头。"

"可不是嘛，人家都以为我是发烧把脑瓜子烧坏了呢，装

给妈妈的生日惊喜（上）

爸爸妈妈的密谋

59

嫩也不能嫩得跟 Hello Ketty 似的啊。"

"你也是，我当天都提醒你不要戴它出门。"

"孩子的一片心，热情得跟小火炭似的，我不戴戴，那不相当于上去泼一盆水，那多残忍啊。"

"对，他们送你的礼物，无论你喜欢不喜欢，你都装作喜欢，而且又是夸又是鼓励的。你是没泼水，你泼的是汽油，才让孩子们心里的那团火越烧越旺！"

"天明，我可不是来求你指责我来了。"

"那你是?"

"我的意思是，要不你和孩子们说说?"妈妈刘芳说。

"你是说孩子的一片心意，跟小火炭似的，你上去泼一盆水，不太好，所以，让我去泼?"爸爸李天明质问。

"唉，好像谁泼都不太好。"妈妈刘芳又说，"可你说现在这孩子们都跟谁学的呢，动不动就是买礼物送礼物的，他们到底知不知道这送礼物为的是什么啊?"

"大人们不都这么做嘛，现在这孩子，就有样学样呗。"爸爸李天明也跟着感慨，但是他的脑子突然灵光一现，"还别说，你刚刚的话倒是提醒了我，我有了一个主意。"

爸爸李天明把他的想法跟妈妈刘芳简单地表述了一下。

妈妈刘芳听完，躺在床上，抬起了双手双脚："我举双手双脚赞成！"

生日礼物大思索

晚上，顾小西房间的台灯还在亮着，她在想要送姨妈什么样的生日礼物，她绝对不能输给李多米和李多乐！她特意让妈妈从美国汇钱给她，她要去百货公司选一件最时尚、最潮流的时装外套给姨妈。为什么要选择买外套，也是有原因的，因为外套要穿在最外面，这样大家都能看得到。姨妈的邻居、同事们看到这么漂亮的衣服就会询问、会称赞，而姨妈会告诉他们衣服是自己买给她的生日礼物，那样，自己在大人心中的形象就会更上一层楼！

与此同时，躺在床上的李多米和李多乐也在分别打着自己的小算盘。

李多米想的是他一定要给妈妈买最好吃的东西。他想，在生日的时候，大吃自己喜欢的食物，还有比这幸福的事情吗？不过要买什么吃的呢？三层的奶油蛋糕？但是如果那样做的话可能会抢了爸爸的风头，因为每年订蛋糕这件事都是由爸爸来做的。肯德基的全家桶？旺旺大礼包？还是各种果汁一样一瓶打包在一起来它一个"果汁总动员"？他想着想着，被那些美味的食物搞得满嘴都是口水，他想到的那些食物，都是他自己喜欢吃的。也是啊，要不是他自己喜欢吃的东西，他哪会留意

呢！他大口地吞下了口水，想着想着，竟然睡着了。梦里他来到了一个香甜的地方，那里的树木以巧克力为枝，棒棒糖为叶，天上飘着一朵一朵的彩色棉花糖，小溪里流淌着果汁，烤鸡妈妈领着小烤鸡在田野里玩耍……李多米在梦中守在一只正在草窝里下蛋的炸鸡旁边，等着它下出一个荷包蛋来。

　　而李多乐呢，他觉得简简单单地送张卡片啦，买个蛋糕啦，或者再"大出血"一点，去百货公司给妈妈买衣服或者化妆品，都太俗了，一点都不酷！他要给妈妈一个意外的惊喜，要妈妈过一个难忘的生日。不过李多乐可是给自己出了个难题，他想，给妈妈买个整蛊玩具呢，会把妈妈吓一跳是不假，不过也有点被大家给玩儿滥了，还是俗，没新意。李多乐绞尽脑汁地想啊，翻过来掉过去地睡不着。后来他干脆睁开了眼睛，盯着墙，脑子还在想着。突然，墙上贴着的电影《证人》的海报给了他灵感。这是他们全家一起看的电影，电影讲的是警察营救一个被坏人绑架的小女孩儿的故事。他印象非常深刻，当电影里的小女孩儿被救出来和她的妈妈抱在一起的时候，妈妈刘芳流下了眼泪。所以，他的灵感就是，他决定要在妈妈生日当天导演一出自己被假绑架的"电影"，然后在妈妈担惊受怕的时候，突然出现，给她一个大大的惊喜！他觉得自己根本就是个大天才嘛，特别是在恶作剧的方面，自己简直太有天赋了！主意是有了，他倒是兴奋得睡不着了。后来好不容

易睡着了，却梦到自己被坏人捂住了嘴巴，塞进了汽车的后备箱里，他一下子紧张醒了，身上吓出了一身汗。这让他更加坚信，只要自己能周密地安排好每一个步骤，绝对能让妈妈有一个最最难忘的生日，而这也将是一个最最特别的生日礼物！

夜渐渐深了，顾小西、李多米、李多乐终于都进入了梦乡，多米和多乐的房间里还响起了轻轻的鼾声。幸好明天是周六，要不然，他们又要迟到了。

叛变的爸爸

第二天早上，他们三个果然都赖床了。爸爸李天明费了好大的力气才把他们从床上揪起来。在吃早餐的时候，却不见妈妈刘芳。

"妈妈和王阿姨逛商场去了。"爸爸李天明说。

"妈妈准是给自己选生日礼物去了。"李多乐一边往面包切片上涂果酱一边说。

"昨天听妈妈说你们也都要给她准备礼物？"爸爸李天明问他们。

"那当然啊！我吃完早餐就去商场，可别在商场撞到姨妈！"顾小西说。

"你们能不能向我透露一下都打算送妈妈什么礼啊？"爸爸

李天明打探他们的口风。

"I'm sorry, it's a secret！（对不起，这是个秘密！）"顾小西说。

"这是个绝对机密！"李多米说。

"这是个不能说的秘密！"李多乐说。

"嗨，这几个孩子！"爸爸李天明不禁感慨，可是他随即把话锋一转，就让主动权又掌握到了自己的手里，"可是要论谁最了解妈妈刘芳的喜好，你们可都不及我啊，难道就不要我替你们参考参考？"

"不用。"他们三个人竟然回答得异口同声。

这倒是出乎爸爸的意料，这下他没辙了！迂回路线没有行通，只能直奔主题了："妈妈刘芳昨天晚上特让我代传懿旨……"他故意拉了个长音，打算卖个关子。

"什么叫'懿旨'？"李多米被爸爸搞得一头雾水。

"就是古代皇后、太后什么的发布的命令。"顾小西解释。

"爸爸，古代传旨的可都是公公啊？"李多乐尖声尖气地说。他的调皮捣蛋简直是无孔不入，让人防不胜防。

"有那么说自己爸爸的吗？我要是公公的话还能有你们俩？"爸爸李天明有些不爽这几个小破孩儿了，他接着说，"我也不跟你们绕圈子了，直接告诉你们吧，我昨天和妈妈刘芳商量好了，对你们三个的生日礼物给出了一些限定条件。"

他们几个有些不理解，生日礼物怎么还有限定条件呢？所以他们都用疑惑的眼神看着爸爸李天明。

这回李天明可又找回了爸爸的威严，他清了清嗓子说："用钱买礼物，那谁不会啊，而且你们花的也是大人的钱，所以礼物限定：不允许花钱买，如果要自己亲手制作的话倒是可以购买必要的原材料，但是不允许超过三十元。"

"啊？"这下顾小西和李多米尖叫起来，因为这意味着他们昨天晚上想到的主意都不能用了！

"外套不能买了。"顾小西低头嘟囔着。

"小食品大礼包不能买了。"李多米低头嘟囔着。

"绑架恶作剧也不能搞了。"李多乐顺着顾小西和李多米的逻辑，也嘟囔了一句。可他刚说出口就后悔了，因为他反应过来了，自己的这个和他们的不一样，自己的是不需要花钱买的。

可是他的这一句话让爸爸李天明、弟弟李多米、姐姐顾小西同时把头像弹簧一样猛地抬了起来，一齐看向了他，让他一时间成了焦点。

"绑架恶作剧？你给我说说，你又有什么馊点子了？"爸爸李天明拷问他。

李多乐顶不住压力，就把他的计划向爸爸说了，末了还不忘说："我的这个又不是花钱买的。"

　　"是，你这个没有花钱买，你这个还不如花钱买的呢！你想啊，你妈妈要是知道你被绑架了，肯定得打110！一会儿妈妈从商场回来，还会顺便把姥姥接来，你姥姥一听你被绑架了那心脏病不得犯啊，又得叫120！你这可就不叫恶作剧了，你这叫扰乱社会公共秩序，浪费社会资源。"

　　"有那么严重吗……"李多乐还不服气，但是他听了爸爸说的，自己也有点害怕，如果真像爸爸说的那样，他还真不知道该怎么收场。

　　"所以啊，恶作剧不能那么搞！你得先跟我们大家打个招呼啊，比如告诉我，让我压制住你妈妈不要报警，同时也要提前跟姥姥通个气儿，让她不要真害怕……"爸爸李天明又说。

　　"爸爸，你的意思是说……"李多乐眯起了他的小眼睛，用狡猾的又充满期待的眼神看着爸爸。

　　爸爸李天明对着他点了点头，又承诺会帮助他做出周密的安排，并且和他一起里应外合，给妈妈一个生日的惊喜。

　　随后，李多米又想到了一个主意，他知道自己要送给妈妈什么礼物了，这也绝对是一个大胆的想法——他决定要让姐姐把自己打扮成女孩儿的样子，然后装到一个大的箱子里，送给妈妈，满足妈妈说的"第二胎，我想要个女儿"的愿望。而且他还要扮女孩儿唱一首歌给妈妈听，歌他都想好了——《鲁冰花》。

而顾小西，看这两个弟弟都出奇制胜，使出了这么搞怪的招式，所以她反而逆向思维，走温情、普通的路线，她要在明天把这一周的家务都包在自己身上，包括做房屋的清洁、洗一家人攒一周的衣服，还要亲自下厨包饺子给大家吃。她觉得他们俩送的礼物都太过于特别了，自己这个礼物身上的"普通"反而成了它的特色。

"爸爸，我们送的礼物你可都知道了，你送什么我们还不知道呢？"

"那是一个秘密，绝对机密，不能说的秘密！"爸爸李天明给大家留下了最后的悬念。

不过无论爸爸李天明送的是什么礼物，孩子们的这几个"大礼"，就注定会让明天成为妈妈刘芳最最难忘的一个生日。

给妈妈的生日惊喜（上）

叛变的爸爸

69

给妈妈的生日惊喜（下）

用幸福把妈妈支走

"姨妈，你今天是不是还去商场啊？"在吃早餐的时候，顾小西问。

"不去了，昨天该买的都买了，姥姥也接来了。"妈妈刘芳说。

"妈妈，那你今天是不是要去做头发啊？"李多乐又问。

"我头发挺好的啊，做什么头发啊？"妈妈刘芳又说。

"妈妈……那你今天是不是去单位加班啊？"他们三个是想方设法地要把妈妈给支出去，好让他们赢得时间做准备，李多米实在是想不出什么更好的理由。

"怎么着，我生日还让我加班，万恶的资本家都没那样儿，你可是我的亲儿子！"妈妈刘芳半开玩笑地说。

"那我生日的时候还得上学呢，我不仅要上学，而且还要

70

熬夜做作业呢！"李多米有些不服气，小声嘟囔着。

"那你得有福气让生日赶上星期日。"妈妈刘芳又说。

这个时候，爸爸李天明不知道从哪儿拿出了一张卡，放到了妈妈刘芳面前。

"这是什么呀？"妈妈刘芳说着，把卡拿了起来，"自然美养生馆消费卡，这是给我的？"

"对，包括美容护肤，美发护发，全身SPA！我昨天特意去给你办的，这是我今天送给你的大礼——休闲保养礼。"爸爸李天明说。

"嘿！这我可得去，女人，就得对自己好一点儿！"妈妈刘芳把卡捂在胸口，充满向往地说。

"错！应该说'男人，就应该对自己的女人好一点儿！'"爸爸李天明纠正。

"对，谢谢老公！你们几个回避……"

李多乐低头，顾小西抬头看天花板，李多米把手蒙到了眼睛上，透过指缝看到妈妈刘芳在爸爸李天明的脸上亲了一口。

"都这么大的人了，也不嫌臊？"姥姥在一旁看不下去了。

"您老不懂，这叫感恩之吻！"妈妈刘芳说着把杯子里的牛奶一饮而尽，回屋穿上衣服，拿上卡出门了。

妈妈刘芳终于被爸爸的一张卡给打发走了，她刚一出门，大家都举起了奶杯以示庆祝。

而正在往养生馆进发的妈妈刘芳，其实早就洞悉了大家的那点小心思，她知道大家是想把她支开好在家为她的生日做准备，她怎么忍心不成全大家的这份好意呢？来自家人的这份关爱，比什么都更让人感到幸福！

最后的部署

早餐过后，大家可就各自忙活开了！

爸爸李天明和李多乐在为恶作剧的事儿做最后的部署。爸爸李天明给他的同事老马打电话，让他扮演绑匪。所谓扮演绑匪，无非是用个陌生号码的手机给家里打电话，说一些恐吓的台词。而李多乐也向姥姥仔仔细细地交了这次恶作剧的实底儿。姥姥也是个老小孩儿，一听，感觉这主意挺新鲜，问李多乐："那我到时候是不是也得稍微演演头疼、担心什么的辅助一下？"说着就捂着脑袋跌在了沙发上。

"姥姥，您这演技真棒，说来就来！"李多乐赶忙夸姥姥两句。

"我刚才是一激动，真有点晕。"姥姥坐在沙发上说。

"嗨，您说您老激动什么啊，您一激动容易把哇哇叫的120给招来，您得镇定！"李多乐又赶快做姥姥的思想工作。

"走，多乐，咱们俩去外面用手机录一段视频去。"爸爸李

73

天明手里还拿了一捆绳子，拿了一块干净纱布。

"对啊，那些绑架的电影里到关键时刻都会寄过来一段特别的录影带！爸，你想得真周到！"李多乐向爸爸李天明竖起了大拇指，跟着爸爸就出了门。

"唉，这编故事的作家爸爸，再加上这个搞恶作剧的捣蛋儿子，真是花样翻新。"姥姥一边叨念着，一边竟也对着镜子练起了头晕，只是那么微微一晃，却不至于真的倒下招来120的那种。"别说，这头晕还真挺考验演技……"

而李多米和顾小西达成了战略联盟。顾小西帮李多米打扮成女孩儿的样子，而李多米为顾小西的清洁、洗衣、包饺子这些工作打打下手。

顾小西不知道从哪儿倒腾出一顶假发来，把它扣在了李多米的头上，然后上下打量着："已经初步有了点儿胖丫的模样……不过感觉有点别扭……"

李多米顶着假发照了照镜子，这一看不要紧，把他和镜子旁边的姥姥都吓一跳。"怎么这脑袋像个长了毛的皮球似的呢？"姥姥说。

"那谁叫他胖呢，有什么办法啊！"顾小西在一边说。

"要我看啊，是那刘海儿闹的。本来就是个肉乎乎的小团脸儿，再把那小额头都给遮了个严实，那可不就圆了嘛！"姥姥发现了问题的所在。

"那我有办法啦!"顾小西回屋找了一个小发卡,把李多米假发的齐刘海别成了斜刘海。

"这回看着顺眼了,不过啊又不太可爱了,显成熟!"姥姥又发表意见。

顾小西又上下打量了一下,说:"有了!"她去姨妈的房间把去年李多米送给妈妈的那个带个大蝴蝶结的发卡找了出来,给李多米戴到了头上,又在箱底找到了自己好几年前的一条粉红色的裙子,给李多米套上。

"这回就对了!来,外孙女儿,让姥姥亲亲!"姥姥又打趣道。

"姥姥……"李多米尖声尖气儿地说。

"我昨天吃的油菜都要给吐出来了!"正赶上李多乐和爸爸外拍完成推门进来,李多乐看到弟弟的这一出,哪儿招架得了。

"怎么样,你们还顺利吗?"顾小西问。

"嗨!有些曲折啊!爸爸把我用绳子绑起来,嘴里塞了纱布,我贴在墙根儿正酝酿情绪呢,一个社区大妈突然就过来了。"李多乐说。

"怎么还有社区大妈啊?"姥姥问。

"人家以为发生什么事儿了呗,就过来盘查。我嘴被纱布塞着呢,爸爸就说了:'我是他爸爸,他是我儿子,我们在这儿拍点东西。'"

"然后大妈就走了?"李多米问。

"走什么啊,人家根本就不信,过来把我嘴上的纱布给摘了,亲自问我:'他是你爸爸吗?'语气特严肃。我当时有点儿怵了,回答得不太干脆……"

"你那哪儿是不干脆啊,根本就是吞吞吐吐!"爸爸李天明打断了他,接着说,"他那一迟疑,差点让我进警局,都有人过来围观了!好在我身份证随身携带,我出示了证件,说了事情的来龙去脉,大家伙才散开!"

"人们一边散着,我还听有人说:'真是越来越新鲜了,爸爸和儿子在外面玩儿绑架……'听得我和老爸都不好意思了。"李多乐又说。

"好在任务圆满完成!"爸爸一边又检查了一遍手机上的影像,一边说道。

之后大家又分开去各自忙碌了。李多米一边帮着姐姐顾小西晾衣服,一边挂着MP3戴着耳机学唱《鲁冰花》。

"姐姐,有一句歌词我一直也没搞懂是什么意思。"李多米对顾小西说。

"哪句?"

"就这句——'爷爷想起妈妈的花',爷爷为什么想起妈妈的花?"

77

"什么'爷爷想起妈妈的花'?"这还真把顾小西弄糊涂了。

李多米就把耳机塞到顾小西的耳朵里一只,让她听。她一听,忍不住哈哈笑了出来:"还别说,这样听起来还真像'爷爷想起妈妈的花',但歌词可不是这么写的呢,是'夜夜想起妈妈的话'!"

顾小西的话音刚落,就听到爸爸的书房里传来歌声阵阵:"我能想到最浪漫的事,就是和你一起……"

"为什么'我能想到最浪漫的事,就是和你一起卖卖电脑'?"李多米又问。

"是'慢慢变老'!"真是拿他没办法。"'我能想到最浪漫的事,就是和你一起慢慢变老……'姨夫好浪漫哦!"顾小西自顾哼唱了一句,陶醉地说。

在一旁的李多米却恨死了这些一唱就变味儿的歌词。

生日整人计划大开锣

经过一上午的准备,在妈妈打电话说要到家之前,终于一切就绪!

李多乐躲到了汪洋海家里,李多米穿着裙子戴着假发钻进了装冰箱的大纸箱里。晾衣架上晾着洗干净的衣服,屋子里飘着饺子的香味,姥姥还特意为妈妈煮了碗长寿面。

　　李多乐在汪洋海家里等着爸爸的"信号"，又兴奋又激动。而李多米用了好几大张包装纸和很长很长的两根丝带才把装冰箱的大箱子包装成礼品箱。虽然姐姐顾小西不忘在上面给他留出了能让空气进去的缝隙，但是李多米躲在里面还是有点闷，他盼着妈妈快点儿拆开这个礼物。爸爸李天明、姐姐顾小西和姥姥则围坐在餐桌旁，等着妈妈刘芳。

　　片刻，门终于开了，容光焕发的妈妈从外面走了进来，进门儿就看到摆在餐桌旁边的大礼品箱。

　　"好家伙，这礼物够大的！我得最后拆！多米和多乐呢？这两个孩子哪儿去了？"妈妈刘芳说。

　　"多米在房间里呢，一会儿出来。多乐早上就出去了，说去给你准备礼物，到现在还没回来呢！"

　　"这孩子，比我还晚，还得让寿星等他！"妈妈刘芳又微怒地数落李多乐。

　　爸爸李天明怕把李多米给憋坏了，所以赶快说："你先拆开这个大礼物，估计多乐马上也就回来了，等他回来我们再点蜡烛吃蛋糕！来，我帮你拆……"他怕妈妈刘芳不动手，说着上去就把丝带扣给解开了。

　　妈妈刘芳也是好奇，撕开了包装纸，打开了纸箱子，模模糊糊地看到戴着发卡的假发。"谁买这么大一个娃娃啊！"她尖叫。

这时李多米噌一下从箱子里站了起来："妈妈生日快乐!"

这一下把妈妈刘芳吓了一跳,她仔细一看,才看出这是李多米。因为后来顾小西又用妈妈的化妆品帮他画了粉嫩嫩的脸蛋和红红的嘴唇,你不仔细看,还真是难辨认。

"妈妈,我今天实现你的愿望,做你一天的女儿!"李多米在箱子里探着脑袋对妈妈说。

"多米真乖!这个礼物妈妈喜欢!天明,快点儿把多米从箱子里抱出来。"妈妈说着捏了捏李多米粉嫩嫩的小脸蛋儿。

爸爸李天明把李多米从箱子里抱了出来,妈妈一看李多米还穿着条粉红色的小裙子,又笑了一次。

正在这个时候,家里的电话铃响了起来。妈妈刘芳过去把电话接了起来。

"你的儿子现在在我们手上,要想要你的儿子,就准备好五十万赎金⋯⋯"

"你说什么,你是谁?"妈妈刘芳的神情变得有些紧张。

"如果报警的话就等着收尸吧,我会再和你联系告诉你怎样交款。"然后电话就挂断了。

妈妈刘芳神情很紧张,又有些怀疑会不会是李多乐搞恶作剧为自己庆生。就在她迟疑着,还没有和大家说的时候,爸爸李天明的手机响了。他拿起手机,翻看事先录制好的那段视频,立刻装出紧张焦急的样子:"刘芳,你快过来看!"

刘芳接过手机，看到上面李多乐被绳子捆着，嘴里塞着纱布，紧紧地贴着一面墙挣扎着，嘴里呜咽地叫着爸爸妈妈。

"刚才我接到电话……"妈妈刘芳看着手机上的图像，刚一开口，家里的电话又响了起来，妈妈刘芳又接起了电话。"看到你的儿子了吗？在晚上十点之前，把赎金准备好，到时候我会联系你的。不许报警，要不就等着收尸吧！"还没等妈妈刘芳说话，电话就又挂断了，听筒里传来冰冷的嘟嘟的声音。

这下妈妈刘芳真的害怕了，她的身子微微一晃，电话从她的手里跌落到了地上。她赶快蹲下来把电话捡起来，上去疯狂地摩挲电话，她怕电话摔坏了绑匪联系不上。"多乐被绑架了，对方让准备五十万赎金……"妈妈刘芳的声音因为喉咙突然的紧张而显得有些沙哑，话还没有说完眼泪就已经滴了下来。

大家都没想到妈妈竟然这样好骗，马上乘胜追击，各自进入角色。姥姥的身体微微地晃了一下，脸上的表情紧张又悲痛。爸爸李天明皱着眉头，却仍然装作沉着地走到妈妈刘芳的身边，拍着她的肩膀安慰她。

"我们报警吧！"

"不能报警！对方说报警就会撕票！去把家里的存折拿出来，凑凑看够不够五十万？"妈妈刘芳瘫坐在沙发上，却又很快地恢复了镇定，第一时间开始考虑怎样救出自己的儿子。

爸爸李天明装作去卧室拿存折，小声地在卧室里给汪洋海家打了电话，告诉李多乐可以回来了。

而这个时候，妈妈刘芳正坐在沙发上啜泣。"都是我不好，非要过什么生日。"大家都围坐在沙发上，低着头，默默无语。

这时，门铃突然响了起来。"妈妈你去吧，我们不敢去。"李多米把身体紧紧地靠向了顾小西，怯怯地对妈妈说。

妈妈刘芳的步子很沉重，她把眼睛透过门镜往外看，然而视野中是空的，她什么也没看到。

她担心是不是绑匪放了什么东西在门口，就赶快推开门。这时藏在门边的李多乐一下子冲了出来："妈妈生日快乐！"

"多乐！"妈妈刘芳一愣，一把把李多乐抱在了怀里。

"妈妈，你抱得我喘不过气了！"李多乐在妈妈刘芳的怀里梗着脖子说。

妈妈刘芳这才放开他，可是眼泪却怎么止也止不住。

大家簇拥着妈妈刘芳进了屋，爸爸递给了妈妈一片纸巾，妈妈刘芳擦了擦脸，过了好一会儿才稳定了情绪。

而出乎意料的是妈妈刘芳一点都没有数落李天乐，因为她刚刚真是太紧张了，她真的以为自己的儿子被绑架了，现在看到儿子又活生生地站在自己面前，祝自己生日快乐，她真的感觉非常的幸福。她让李多乐、李多米和顾小西都过来，她把他们都搂在了怀里。

给妈妈的生日惊喜（下）

生日整人计划大开锣

"妈,你可真好骗!"李多乐感觉有些歉意,但是他还是感觉特有成就感。

"不是妈妈好骗,是因为儿女们可能会拿父母对你们的爱搞恶作剧,可是父母们却从不会拿儿女们的安危当儿戏。"妈妈刘芳轻轻地说,她的这句话把所有人都给感动了。"不过,这样过激的事情可是下不为例!"妈妈补充说。

"来,我们切蛋糕,一起祝妈妈生日快乐!"爸爸李天明赶快在这个时刻把这个特别的生日 Party 推向高潮。

大家点了蜡烛,妈妈许了愿,在生日歌中,妈妈一口气吹灭了蜡烛。她把蛋糕切了六份,先拿起了最好的一块儿放到了姥姥的盘子里。

"妈,谢谢你。"妈妈刘芳一边把蛋糕放到姥姥的盘子里一边说。

姥姥接过了蛋糕,眼睛里也泛起了泪花。大家谁都没有想到,这个恶作剧没有让这个生日 Party 更疯狂,反而让它更温情。

"看到妈妈的这个举动,让我突然想起了一个问题,我问问你们三个,你们知道人为什么要过生日吗?"爸爸李天明问。

"生日是独属于我们自己的节日,要在这一天为自己庆祝!"顾小西说。

"过生日能和朋友聚会,大家一起开 Party,开心!"李多乐说。

"过生日吃蛋糕，吃好多好多好吃的东西！"李多米说。

"就知道吃……"爸爸笑着捏了捏多米的小胖脸蛋，接着说，"你们说的都没错，不过在古代可不是这样，那个时候过生日更像是一种仪式。当时民间有这样一种说法：'儿的生日，母亲的难日。'每当一个生命来到这个世界上时，母亲必须忍受巨大的生理和心理痛苦，因而有一种说法，认为生日的本义就是要'哀哀父母，生我劬劳'，'劬'就是劳苦、辛苦的意思，希望通过过生日来追思母亲临产及分娩时的痛苦，体会父母哺育的艰辛，表达对母亲赋予生命的感激。"

"所以妈妈把最好的蛋糕先给了姥姥，对姥姥说'谢谢'！"李多米似乎是听懂了。

"对！聪明的'小姑娘'！"爸爸用手摩挲着多米的假发。

"妈妈，我要唱歌给你听，向你表达我的感谢！"李多米说着站了起来，唱起了那首动人的歌谣，"啊……夜夜想起妈妈的话，闪闪的泪光鲁冰花……"

李多米的歌声称不上美妙却很真挚，大家也都情不自禁地随着唱了起来，温暖的家里飘荡着让人温暖的音符。

给妈妈的生日惊喜（下）

生日整人计划大开锣

可乐神汤密码（上）

可乐的来历

"哎呀，可真是累死我了！"李多米放学回到家，直冲冰箱而去，打开冰箱拿出可乐咕咚咕咚就是几口。

"李多米，你那么喜欢喝可乐，你知道可乐是怎么来的吗？"爸爸刚好从书房出来倒水，看到见了可乐比见到什么都亲的李多米，顺嘴问他。

"可乐？饮料公司生产的呗！"李多米满足地一抹嘴，回答得轻松加愉快。

"谁还不知道是饮料公司生产的？我还知道菠萝是树上结的呢！我是问你，你知道可乐是怎么发明的吗？"

"啊？菠萝是树上结的？我还一直以为菠萝和萝卜一样是埋在土里而缨子露在外面呢！"李多米大惊！

这简直快把爸爸李天明给气冒烟了："简直是四体不勤，

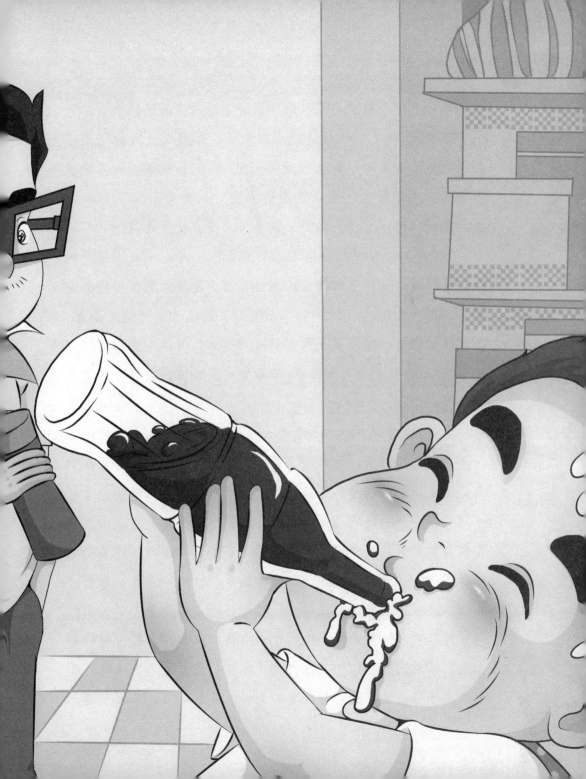

五谷不分。来，坐这儿，我给你讲讲可乐的来历吧！"

"喝可乐就必须要知道可乐的来历？那妈妈天天都用洗衣粉，她知道洗衣粉是怎么发明的吗？"李多米有些不情愿地被爸爸抓到了沙发上，他只能期待自己可以听到一个不错的故事，幸好他的作家爸爸在讲故事上确实很少让他失望。

"在很久以前的一个春天，美国亚特兰大的一家不起眼的小药店门庭冷落，生意萧条，小店员因为没事做无聊得快要睡着了。正在这时，一个中年男人抱着头风风火火地跑进店里，摇醒这位店员，嚷着要一种叫'可口可乐'的治头痛的药水。"

"什么？可乐是药水吗？"李多米大跌眼镜，这下可吊起了他的胃口。

"你要继续听下去，不要那么心急地下结论！"爸爸安抚了一下他急迫的心情，继续讲下去，"睡意蒙眬的小店员转身取药，可是却发现这种药已经卖完了。他灵机一动，就随手拿起一瓶类似的治头痛的药汁，加了些苏打水、糖浆进去。小店员把他自制的假'可口可乐'给这位顾客喝了一小杯，顾客喝完后付了钱，就匆匆地离开了。奇怪的是，过了一会儿，老板潘柏顿回到店里，发现有五六个顾客要买刚才那个男人喝过的红色'可口可乐'药水。老板听了小店员的解释后，就吩咐他如法炮制，用同样的红色药水打发了顾客，还赏给了小店员五美元。更奇怪的是，买这种药水的人居然越来越多，老板不得不另开大店招揽顾客，并且对可口可乐的配方进行了多次研究和改进。于是，一个驰名世界的饮品——可口可乐就这样诞生了。"

"原来世界上没有可乐，是一个睡意蒙眬的店员用头痛药汁和苏打水、糖浆混到了一起，就有了可乐……哇，简直是太神奇了！"李多米再看看自己手里拿着的暗红色的液体，感觉它好像和以往不一样了，充满了谜一样的神奇色彩。就在他盯着可乐看的时候，一个奇怪的想法突然钻进了他的脑子："可乐是由'药'变来的，那么，能不能再把它变回药呢？那样在感冒的时候，就不用再吃那么苦苦的药了……"说来也巧了，隔天，他就逮住了一个能实践自己这个想法的机会。

冒险的尝试

隔天周末，老爸老妈外出公干，姐姐顾小西和同学们相约聚会，就剩李多米和李多乐在家。两人看电视看得正酣，却听见门铃一阵乱响。

"听门铃叫唤的这节奏，就知道是个不速之客。"李多乐一边说着，一边起身去开门，映入眼帘的是比李多米的脸还大一号的一张脸，"呵，果不其然，其不果然……是个不速之客。"李多乐皮笑肉不笑地极其不耐烦地扯了扯嘴角，算是打了

招呼。

"我怎么就成了不速之客呢！我来找你那可是因为咱们是兄弟，什么好事儿都叫上你，既然我这么不受欢迎，那我就赶快自觉点儿吧……"胖大海说着转身就要离开。

李多乐听出来这胖大海是话里有话啊，脸色马上多云转晴，赔了个笑脸儿对胖大海说："哎呀，不是开个玩笑嘛！咱俩谁跟谁啊，就差穿一条裤子了！"不知道李多乐哪儿沾染了这一身的江湖习气，说着，还把手搭在了胖大海的肩膀上，亲亲热热地把他给请进了屋。

"西门公园的那个湖现在看得不严了。"胖大海坐到了沙发上，拿起茶几上的香蕉，剥开一个就往嘴里塞。

"你的意思是咱们可以去湖里耍一耍，可以鱼翔浅底、乘风破浪、鸳鸯戏水……"李多乐一听胖大海带来的这个信息，立马来了精神，说话都语无伦次了。

"鸳鸯戏水？估计够呛，只能是'鸳鸳相抱'了，因为都是男的！"李多乐那几个乱词儿甩得胖大海都有些招架不住了。

"哎呀，还等什么啊，等我换身衣服，马上就去！"李多乐哪儿听得进胖大海刚刚说的话啊，直接冲进卧室换衣服去了。

"咱妈可是说了，不让游野泳！"李多米冲着卧室喊，他这一句提醒，多半是出于嫉妒，因为他不会游泳，去不了，看着他们玩那么开心心里痒痒。

"嗨，咱妈今天不是外出公干吗！这就叫山高皇帝远，天高任鸟飞……不对……是海阔凭鱼跃……"李多乐一兴奋就乱拽词儿，说得是前言不搭后语，乱七八糟。

等李多乐换好了衣服出来，李多米还想说点什么，可是却只能对着空气嘎巴嘎巴嘴了，人家两人一溜烟儿的影儿都没了，留下他一个人闷闷不乐地继续看电视。

大概两个小时过后，李多乐才拖着疲惫的身躯回来。他开门一进屋，就打了个响亮的喷嚏，响得跟震天雷一样。

"哎呀，李多乐，你是不是感冒了呀！"李多米被这喷嚏吓了一哆嗦，随即关切地询问他。

"这水有点凉，再加上小风溜着，可能是感染了风寒，有点贵体欠安。"看来李多乐这兴奋劲儿还没退，还是满嘴的文词儿。

"风寒……贵体欠安……那你不会是要感冒了吧？"李多米说着，语气中不再是一奶同胞的关切询问，反倒是有点兴奋，因为他又想到了自己那个可口可乐和药水的秘密计划，这可是一个千载难逢的好机会啊，而且机不可失，时不再来呀！

"你幸灾乐祸了是不是？"李多乐对他的这种口气可是深感不满。"兄弟如手足，相煎何太急？"他说着，又是一个惊天地泣鬼神的响亮大喷嚏。

"是'本是同根生，相煎何太急'，你乱用词儿都一整天了，早先可能是因为兴奋而胡言乱语，现在该不会是发烧把脑子烧糊涂了吧?"说着，李多米伸出他的小胖手试探地摸了摸李多乐的额头，"哇，好烫!"

"我的头是有点晕……"李多乐说着，歪倒在了沙发上，"我感觉自己非常的无力，虚弱，微微地有些冷，却好像还很燥热……"

"你快躺着吧，我去给你找药去!"李多米兴奋归兴奋，但是他还不敢拿李多乐的安危开玩笑，直奔医药箱给李多米找药。可是他在医药箱里一阵乱翻，却看到双黄连口服液只剩下盒子了，感康呢连盒子都没有了。"呀!家里没药了，怎么办啊?"

"以前感冒老妈老给熬姜汤，你给我熬一碗姜汤吧，让我先缓解缓解……"

李多米也顾不得别的了，赶紧去冰箱里找姜。他打开冰箱门，拿了姜，刚要关门，却有一样东西映入了他的眼帘——一大瓶的可口可乐!他突然间眼睛一亮，想要把可乐还原成药的奇怪想法又闯进了他的脑海。他看着那瓶可乐，手伸出去了，又缩了回来，伸出去了，又缩了回来……

"哎呀，我的喉咙怎么有点疼啊……我的鼻涕都流出来了，还是黄的鼻涕……真是病来如山倒啊……李多米你快点儿……"李多乐躺在沙发上，嚷嚷个没完。

被李多乐这么一催，他也管不了那么多了，一咬牙，一狠心，把可乐拿了出来，最后还是好奇战胜了理智，他要冒险做这个尝试！

神汤调制进行时

李多米学着妈妈的样子，把生姜切成了片，虽然有些笨手笨脚，但是最后的成果还不错。姜切好了，他把它们盛到了一个瓷盘里。他又扫了一眼放在自己旁边的大瓶可乐，脑子里已经有了一个大胆的想法——他要用可乐代替水和生姜一起煮，煮一锅可乐姜汤。他想，可乐是头疼药水，姜汤能防治感冒，那可乐姜汤是不是就会功效二合一呢？他想着，眼睛里闪着跃跃欲试的光芒，伸出了他的小胖手，开始进行这个在他看来伟大而又冒险的试验。

他把瓶盖拧开，把可乐咕咚咕咚地倒进锅里。可乐奔腾着涌进锅里，涌起层层的泡沫。之后他又把切好的姜片倒进了可乐里，转动煤气灶的点火器，"啪"的一声，蓝色的火苗蹿了出来，好像是活泼好动的蓝色幽灵，跳跃地燃烧着烘烤着锅底。有些昏暗的厨房里，火光照亮了李多米红扑扑的小脸儿。此时此刻，李多米感觉自己好像童话故事里的巫师，正在调制着充满奥秘的魔法神汤。

随着火焰的跳跃，锅里发出吱吱的响声，水汽缓缓地从锅底钻出来，迷蒙了透明的玻璃锅盖。这让一切更增添了一层神秘的色彩。李多米的心怦怦地跳个不停，他不知道自己是不是在做一件坏事。紧张再加上灶上火苗的烘烤，让李多米的小脸儿更红了，鼻尖儿上也泛出了细密的汗珠，汗珠被火光映得亮晶晶的。

又过了一会儿，锅里的可乐沸腾了，慢慢地飘出了香喷喷的味道。不过李多米记得妈妈每次熬姜汤好像都要熬好长的时间，他问过妈妈，妈妈说姜汤就得小火慢慢地熬一阵儿，才能把姜的味道给熬出来，才能更有效。他虽然有点等不及，想要知道熬出来的可乐姜汤会是什么样子，但是他还是把火又调小了一点儿。他必须要控制住自己，让自己更有耐心一点。或者是说，他还没有做好充足的心理准备去把这碗用可乐煮出来的姜汤端给李多乐喝，万一要喝中毒了怎么办？他还需要一些时间让自己相信一定会没事儿的，姜是可以吃的，可乐是可以喝的，它们俩一起煮，应该不会有什么问题吧？但他还是不够果断，他还需要时间去让自己更坚决一些。

而就在他慢慢思考、心理斗争的时间里，姜把自己的味道全部掏了出来，溶进了翻滚的可乐里，好闻的味道溢出了厨房，钻进了客厅，把李多乐的鼻子搔得好痒痒。

"李多米，你煮的姜汤怎么这么香！我鼻子塞住了都闻到了！快端出来给我喝，我必须在爸妈回来之前好起来，他们要是发现我游野泳，还招惹了一身的感冒发热，那还不得大刑伺候啊……"李多乐躺在沙发上，病恹恹地冲着厨房大喊大叫。

"哎，来啦，来啦，最神奇、最美味的姜汤来了！"李多乐的叫嚷和催促，让李多米最终下定了决心。他心想：当初人家还不是把头疼药水加了糖浆和苏打水给人家喝，我这个肯定也没问题的！

不过，事情哪有他想得那么简单啊，人家配的药水要钱，他煮的可乐姜汤可能……要命……

可乐神汤密码（下）

服用后的重重危机

李多乐拿起李多米端来的姜汤，看了一眼，问道："这姜汤怎么这个颜色啊？"

"我……我……加酱油加多了……"李多米结结巴巴地找了这么个借口。

"谁让你煮姜汤还放酱油啊，嗨，我凑合喝了吧！"李多乐说着，捏着鼻子喝了一口。可是这一口喝下去，他的表情立刻出现了变化，呆在了那里。

"坏了！我自己都没有先尝一尝就给他端来了，难道真的有毒吗？有毒也不至于发作得这么快吧……"李多米的心一下子提到了嗓子眼儿。

"李多米，你煮的姜汤怎么这么好喝！"李多乐是被这芳醇浓厚的口感给惊呆了。

"你吓死我了！可能放了酱油，味道更鲜一些吧。"李多米松了一口气，但是他还是没有勇气把真实情况告诉李多乐。

李多乐回味着，舔了舔嘴唇，说："不对！是一股可乐的味道！"

"哎呀，可能是酱油和姜的味道一混合，比较像可乐吧……哎呀，你别管什么味道了，快点喝吧，要不一会儿妈妈回来了！"李多米快要瞎掰不下去了，只得把妈妈拉出来镇压李多乐。

这倒是给李多乐提了醒，他赶紧一边吹着，一边挨着烫，把这一碗美味的可乐姜汤给喝进肚子。喝完了，他还不满足，说道："再来一碗！"

"喝一碗够了，别喝了！"李多米没想到这可乐姜汤味道倒是不错，但是他担心如果真是有什么问题，喝一碗还有救，要是喝多了，那出事儿了该怎么办啊！

"不行，我还得喝一碗，那样好得快！"李多乐其实是喜欢上了这可乐姜汤的味道。

"你感觉……"李多米有些迟疑，试探着问李多乐的感觉。

"我感觉我的身体在燃烧，感觉不错！"李多乐强打着精神做出很有力的样子。

"好吧，那我再给你盛一点儿。"李多米又给李多乐盛了一碗。

李多乐喝了两碗可乐姜汤，让李多米去卧室拿了被子，把自己捂得严严实实，准备发发汗，让自己好起来。

可是，过了大概有一个钟头，李多乐感觉自己浑身热得难受，虚汗像雨后的小春笋往外拱，鼻子塞得更厉害了，喉咙的疼痛也在加剧。

"李多米，我怎么感觉喝了'酱油姜汤'感冒好像加重了呢，怎么有点头重脚轻，晕晕乎乎的……"李多乐有些疑惑地望着李多米。

"不会吧，你别吓我！"李多乐的这一反应，着实让李多米紧张了起来，他那刚放到肚子里的心又提到了嗓子眼，而且怦怦怦地都要从嗓子眼里跳出来了。

"真的！我感觉好像有一只小刺猬钻进了我的嗓子，用它的小刺刺着我的喉咙；我感觉好像有一只蜗牛爬进了我的鼻子，在里面释放了好多好多的黏液；我感觉……"

李多乐的每一句夸张的形容都让李多米的心一惊，他赶快打断李多乐："你别感觉了！"李多米被李多乐吓得快要哭了，他不知道该怎么说，只能避重就轻，先用个权宜之计："你再倒头睡一会儿……说不定醒来就好了！"

"好吧，那你把电视关了吧，我听着闹心！我好好睡一会儿。"李多乐病恹恹地说。

李多米赶紧遵从地关掉了电视。李多乐闭上了眼睛，但是他的脸色越发的不好看，额头上冒着汗，好像很难受，眉毛拧在一起，牙齿也不时地咬着嘴唇。

情况好像越来越严重了，怎么办？可乐姜汤真的有毒吗？自己害了自己的哥哥吗？李多米越想越害怕，越想越紧张……自己会不会被抓进警察局，爸爸妈妈回来，会不会就不再认他做儿子了，老师同学们肯定都不会再理他了……他想着想着，觉得自己无法面对这一切！

于是，他跑到了厨房，看着锅里还剩下的可乐姜汤，咬了咬牙，把它都倒进了一个小碗里。他把小碗儿端到了嘴边，眼泪簌簌地流了下来，然后一狠心，把一碗姜汤都喝了进去。喝完，他就赶忙跑回了自己的房间，坐在写字台前，要趁着药效发作之前，写一封遗书："哥哥，我对不起你！平时我都不叫你哥哥，只叫你的名字，你从不怪我没礼貌……爸爸妈妈，对不起，我害死了哥哥，害你们没了儿子。小西姐姐，我床底下有你最爱吃的烤肉味薯片，都给你了……我来世还和你们做一家人！"他流着眼泪在一张纸上写下了一些前言不搭后语的话，然后就抽抽搭搭地躺在了自己的小床上，慢慢地闭上了眼睛。他感觉自己在慢慢地下沉，沉入到一个黑暗而又神秘的地方。

可乐姜汤大解密

也不知道过了多久，李多米的耳边响起了妈妈的声音。

李多米费力地睁开了眼睛，妈妈刘芳的脸在他的视野里慢慢地清晰起来。

"怎么？我没有死吗？"李多米从床上坐了起来，掐了一下自己的脸，"呀！好疼，不是在做梦。"他还是有些怀疑，伸出胖胖的手，又捏了一下妈妈的脸。

"哎哟！你用那么大劲儿捏我干什么啊！这孩子……"妈妈刘芳一把把他的小手拨开，轻声数落他。

"李多乐呢？"李多米担惊受怕地询问。

"你爸爸带着他去医院打点滴去了！"妈妈刘芳说。

"他……不严重吧……"李多米试探着问妈妈。

"严不严重也得受着，在医院里龇牙咧嘴呢！"妈妈刘芳说着，语气中有七分疼惜又带着三分责备。"这是什么？"妈妈刘芳说着，拿起摆在写字台上的"遗书"读了起来："'哥哥，我对不起你！'……你这乱七八糟的写的什么，'来世还和你们做一家人'，弄得跟遗书似的……小孩儿电视剧看多了吧……"妈妈说着忍不住笑了起来。

"那是……那是我抄的电视剧台词儿……"李多米涨红了

脸，才吭吭哧哧地给自己找了这么个烂理由，可是对"可乐姜汤"、"中毒"这样的字眼儿，妈妈提都没有提，倒是让李多米放心了不少。但是李多米心里却有个疑问，如果可乐姜汤真的有毒，那为什么自己一点儿事儿都没有呢？若可乐姜汤没有毒，那李多乐喝完为什么会病情加重呢？他心里犯着狐疑，但是却不敢吭声儿。

过了一会儿，李多乐从医院回来了，打完了针，精神好多了。妈妈为他准备了营养晚餐，给大家也加了菜。可是饭桌上，李多米一直低着头，默默地往嘴里送饭，才吃了没多少，就把碗往桌子上一推，说："饱了。"

"你怎么吃那么点儿啊，是不是也病了啊？"妈妈刘芳关切地问他。

"是啊，多米你没事儿吧？"李多乐的语气里也充满了关心，没有一点儿的责备。

这让李多米熬不住了，他再也藏不住心底的这个秘密了。"是我做了对不起大家的事情。"他说着，把整个"可乐姜汤"事件都向大家坦白交代了，当然他还是揣着小心眼儿地漏过了"遗书"的那一段，因为他感觉那实在是有点太丢人了。

可是当他说完，爸爸妈妈就都笑了。"怪不得他一睁眼睛就莫名其妙地问我，'怎么？我没死吗？'"妈妈刘芳学着李多米的样子，弄得李多米更窘迫了。

妈妈刘芳接着说："傻孩子，可以用可乐做姜汤的，你想的一点儿都没错。可口可乐是一种饮料，但可口可乐在作为饮料之前可是头疼药水！用可乐来熬姜汤，疗效更好又美味！我还没来得及试呢，倒让你抢了先！"

"那为什么李多乐喝了却越发的严重了呢？"听到了这样的解答，李多米把心放进了肚子里，但是还是问出了这个疑问。

"这个可就深奥了。感冒有风寒、风热之分，并不都适宜用喝姜汤发汗来防治。风寒服姜汤有用，可对于风热感冒，人体本来已经受了风热，如果这时再服用姜汤，就如同火上浇油，会让病情加重！李多乐啊，得的就是寒邪入里化热的风热感冒！"在医院工作的妈妈刘芳细心地给他解释。

"哦，原来是这么回事儿！我明白了……"李多米感觉压在自己心口的石头一下子卸了下去，他可是轻松多了，又来了胃口。

"我们家的小多米有神农氏的探索精神啊！值得鼓励，来，给你夹一块蒸排骨！但同时你这样做有些冒险啊，看来你的创新精神还需要一些引导！"爸爸李天明说着夹了一块排骨放到了李多米的碗里，之后爸爸接着问他们，"知道神农氏是谁，有什么功绩吗？"

"我不知道……"李多乐的脑袋摇得像拨浪鼓。

"这谁不知道啊，神农氏尝百草！古有神农氏尝百草，今有李多米煮可乐姜汤嘛!"这可难不倒顾小西,她抢着回答,还不忘打趣李多米。

"哦,是尝百草啊!"病号李多乐重复了一遍,又接着问,"那你们知道神农氏死掉之前所说的话吗?"

"是'我来世还和你们做一家人'吗?"妈妈刘芳明察秋毫,知道李多米故意漏掉了"遗书"情节,所以现在拿出来逗着他玩儿,但是别人可不知道妈妈这句话的深意。

"哎呀,不对,妈,你是电视剧看多了吧!"李多乐还不忘嘲讽妈妈一句。

妈妈刘芳没理他那茬儿,倒是还故意用眼睛盯着李多米,让李多米不好意思地羞红了脸。

"那是什么呀,别卖关子了,你快点吃完还得好好休息呢!"爸爸李天明是好奇想知道答案,就拿出爸爸的威严来压他。

"我来告诉你们吧……是……哇,这草儿有毒……"李多乐说着,吐着舌头,把脑袋耷拉了下来。

他那搞笑的样子逗得大家差点喷饭。可是,如果真是这样,李多乐下午的遭遇和那个可怜的"神农氏"还真有点像呢!

小侦探与艺术家（上）

墙壁上的神秘图案

　　话说这几天李多乐家居住的单元楼里发生了一件奇怪的事，楼道的白墙壁上被画满了各种各样的图案。有太阳神阿波罗，有红羽毛的张开大翅膀的怪鸟，那大鸟的嘴里还吐着火，还有一些好像是欧洲的宫廷侍卫，他们穿着盔甲，手里还拿着长矛，那长矛寒光闪闪，那侍卫怒目而视，真有些瘆人。这不，晚饭后，大家坐在沙发上，议论着这件事呢。

　　"这是谁啊，乱涂乱画不道德！"顾小西说。

　　"你知道画这些代表什么意思？又是吐火的大鸟，又是拿着长矛的小人的……人家啊，都是报仇或者讨债的才会做这样的事，在门上贴大字报，在墙上写字……"妈妈刘芳说。

　　"那你说咱们这单元里谁和外人结仇了，还是欠人家钱了啊？"李多米把妈妈的话当了真，开始刨根问底。

"今天画个吐火的大鸟，画个拿长矛的小人，过两天要是真放一把火呢，或者拿个凶器什么的，抄咱们楼上去……好家伙，这不是把大伙都给连累了吗？"顾小西又说。

"那可不，这可是威胁公共安全啊！"妈妈刘芳说。

"妈，你就这么的就给定性了？要我看啊，你们是不懂艺术！这叫涂鸦，人家外国，在胡同里，在地铁站的墙壁，甚至公共汽车上，都会有这种画的！"李多乐可是有不一样的看法，"我就特喜欢这些画，看那大鸟，那肯定是神鸟，能吐火，多威风啊！还有那侍卫，拿着长矛，多帅啊！"

"嘿！我怎么就不知道了，怎么这单元里什么时候就住进艺术家了？要是艺术家他就得光明正大地表现他的艺术啊，至于非得找那人不知鬼不觉的时机，在那月黑风高的夜晚，来进行艺术创作？"妈妈刘芳对李多乐的看法可是非常的不赞同。

"姨妈说得有道理，他要是想涂鸦那就当着大家的面画啊，把咱们楼道变成艺术画廊，大家还得感谢他呢！也不能像现在闹得这样啊，听说一楼住的爷爷奶奶每天都担惊受怕的，还有楼上住着的两姐妹，听说都不敢出门了！"顾小西说。

"可不是嘛，闹得大家人心惶惶的。也不知道是谁家惹了事儿了，告诉你们三个，这段时间你们可都得给我小心点儿，特别是上楼的时候，都给我眼观六路耳听八方，遇到了什么陌生人或者什么不好的事儿撒丫子就给我跑，扯嗓子就给我叫，听到没？特别是你，顾小西，你要特别小心，小姑娘出落得那么水灵……"妈妈刘芳又开始给大家上安全教育课。

"为什么顾小西就得特别注意呢？还就她水灵，我们都干巴？就她是那挂着露珠的蜜桃，我们都是那搁了两天的干巴茄子？偏心眼儿！"李多乐又开始吃上了无名醋。

"嘿！你这孩子，谁说你是干巴茄子了！小西姐姐是女孩儿，是漂亮女孩儿，看人家的脸蛋，白里透红的，我说她水灵怎么了？看看你自己的那脸，又瘦又黑的，也不知道你把东西都吃哪儿去了！"妈妈刘芳真是听不惯李多乐这么没事儿找事儿的歪理。

"嗯，小西姐水灵！她就是传说中的水货。"说完，他一溜烟地跑回了卧室。

"姨妈，你看他啊！"顾小西拽着刘芳的胳膊撒娇。

"看我一会儿怎么收拾他！"妈妈刘芳恶狠狠地把这句狠话咬得嘎嘣作响。

撞车的惊天计划

看李多乐回了卧室，李多米也跟着跑了回去。刚刚李多米一直没有怎么说话，胖胖的他确实不太灵光，他的脑子在想事情的时候，嘴就得闲下来。就在刚刚，他一直在脑子里回想着

曾经看过的所有和特工、侦探有关的故事和人物，他也在心底冒出了一个想法：自己可不可以做一回侦探，把这个在单元楼墙壁上乱涂乱画的人给抓出来呢？这样不仅能够解除大家的恐慌，而且有机会成为单元楼的小英雄，到时候自己就是"智慧与美貌并存，英雄与侠义化身"的小侦探多米！想着都让他兴奋。

而此时的李多乐呢，脑子里也有同样的想法在盘旋着。难得这一次小哥俩想到了一起。

李多米凑到李多乐身边，神秘兮兮地对他说："李多乐……"

也就是在李多米说话的同时，李多乐也说："李多米……"

嘿，两个人撞到一起了。

"我先说……"李多米说。

"我先说……"李多乐说，两个人僵持不下。

"石头剪子布！"李多米提议。

"21世纪什么最重要？和谐！一切皆可解决！"李多乐学着电影《非诚勿扰》里的语气，还不忘补上一句，"不许后出，不许变化。"

"不许作弊，不许耍赖！"李多米又补充了一句，接着两人喊了起来："石头剪子布！"

结果李多米以"剪刀"对李多乐的"布"胜出，得到了发言权。他说："我有一个惊天大计划！"

"机会难得，你就快说吧，别卖关子了！"

"惊天大计划就是——咱们哥俩，组成个侦探二人组，把这起楼道涂画案件破获！"李多米强忍着兴奋说。

"这小子竟然和自己想到一起了。"李多乐心里这样想着，嘴上却没有说出来。他脑子里又蹦出了新的想法，他要打击打击李多米才行，不能让他风头太盛，自己必须得掌握行动的领导权，所以他对李多米说："侦探二人组，想法倒是不错。不过要让我和你合作，可是有条件的！"

"这还带条件？主意可是我想出来的，是想拉你加入，还要我接受你的条件……"李多米嘟嘟囔囔的，有些不满意。

"其实也不是什么条件，有个词叫'资格'，你懂吗？我这么跟你说吧，你要想当医生，要有医生从业资格证，要想当律师，要有司法考试证，现在呢你想当侦探，那必须得经过侦探资格测试！"李多乐振振有词。

"我又不是挂牌营业的！"李多米有些被李多乐给绕进去了，语气有些疲软。

"关键是你不是想和我合作吗，那我得知道我的合伙人的素质如何吧。这个测试呢，就由我做主考官啦！"李多乐说着，走到他那书柜前，把本来就乱糟糟的书柜又翻了个底朝上，找出了一本有各种小测试题的书，他的印象中这本书里有关于侦

探方面的测试。他拿起书，刷刷地一阵翻，你别说，还真让他给找到了："'小测试，你具备侦探能力吗？'就是这个！"

正在这个时候，顾小西推开了他们卧室的门，进来的时候正好听到了李多乐说什么测试的，顾小西可是对测试什么的无比着迷，她当即跑过去："做什么测试？加我一个！"

"水灵灵的小西姐，我们要进行的可是危险行动，你最好绕行！"李多乐又拿腔拿调地说，他还对刚刚妈妈刘芳的差别待遇念念不忘呢。

"危险行动？你们准是又要搞恶作剧，你们不跟我说也可以，那我告诉姨妈去！"顾小西的脑袋瓜一转，就直击李多乐的要害。

"这，我得考虑考虑……"李多乐在想对策。

"姨妈！"顾小西在李多乐的卧室里喊，声音不大，她这是给李多乐下马威呢。

"得得，你也别喊了，算你一个。"李多乐缴械投降，把他和李多米商量的那点事对顾小西和盘托出，末了，他说，"好，现在开始测试，看你们都具不具备侦探能力。"

侦探队伍大集结

"下面几个问题是根据真实案件提出来的，可以帮助你了解一下自己是否具备侦探的才能。每个问题回答'是'或'否'，并讲出理由。"李多乐讲述了测试规则，"下面开始测试，请听题：双胞胎其中一人杀人后在现场留下指纹，能否根据指纹确定谁是凶手？请作答。"

"不能，双胞胎，那指纹也应该长得一样！"李多米抢着回答。

"能，任何人的指纹都是不同的，双胞胎的也应该不例外！"顾小西回答。

"正确答案：能，双胞胎的指纹差别比其他人的更大！顾小西得一分。"李多乐接着说，"下面请听第二题：凶手在犯罪现场受伤留下血迹。能否根据这些血迹判断凶手的性别？"

"不能。"李多米抢先回答，顾小西还在思考。

"为什么？"李多乐问李多米。

"因为……因为……"李多米结结巴巴地也没说出个所以然来，"因为……我猜的……"最后他好像蚊子嗡嗡一样地说出了实话。

"我认为能！"顾小西思考过后说出了她的答案，"因为血液能检测出人的DNA，我想肯定也能判断出人的性别。"

"正确答案：不能，人的血液不能检测出性别。李多米得零点五分，因为你没说出理由来。请听第三题：一位寡妇被指控三年前用砒霜谋害亲夫。现将被害人尸骨挖出，能否检验

定案?"

"能，这个我在电视剧《大宋提刑官》里看到过，被害人死后多年，也能从骨骼中找到砒霜。"顾小西抢先回答。

"我同意小西姐的看法。"李多米倒是会搭顺风车。

"顾小西回答正确再积累一分，李多米这个小无赖也再给你加上零点五分吧！请听下一题：马戏团的一名身强力壮的演员突然死亡，现场种种迹象都表明，他是用手把自己掐死自杀的。这是否可能？"

"我可不可以请求去掉一个错误答案?"李多米拿不定主意了，这让他想到了《开心辞典》里的求救手段，顺口就说出了一个。

"答案不是'是'就是'否'，我去掉一个错误答案，那和直接告诉你有什么区别？你得靠自己来思考，看你那脑袋倒是挺大的，里面装的都是猪油吗?"李多乐的嘴上可是没有留情。

"这个答案我也不太确定，但是我分析，人如果自己掐自己，掐到一定程度就会昏过去了，那个时候就可能用不上劲儿了，估计死不了。那我回答'否'，原因就是我刚刚说的那个。"顾小西一边动脑分析，一边作答。

"恭喜你，回答正确！您又向好侦探迈进了一步！李多米，你要像小西姐多学习学习，看人家，再看你，还去掉一个错误答案，有脸吗你！"

"我……"李多米要反驳。

"请听下一题！"李多乐压根儿就没给他机会，直接说，"在湖中找到一具尸体，打捞后发现，死者肺中完全没有水。这是否证明受害者是在死亡后被抛入水中？"

"太难了，太难了，我抗议！"李多米又不知道答案，开始耍赖。

"抗议无效，请作答，否则视为弃权。"李多乐说。

"我继续猜啊，肺是用来呼吸的，但是吸进去的气先要经过气管才能到达肺。要是直接有水把气管给堵上了，那人还是有可能死掉，而肺有不进水的可能性。所以我认为不能因为肺里没有水就证明是死后抛入水中的。"顾小西好像是来了状态，分析得条理清晰，头头是道。

"确定？"李多乐又开始调动气氛。

"我同意小西姐的解答！"李多米又搭便车。

"你没资格同意了，本题视为你弃权，恭喜小西姐，你又答对了！再加一分！"

"耶！"顾小西单手握拳庆祝。

"现在开始算最后成绩，共五题，小西姐得分4分，李多米得分1分。测试结果公布：4～5分，恭喜你，你是个优秀的侦探！2～3分，加油，你离侦探只剩一点点点啦！1分，看来，你还不具备做侦探的条件。零分，你是个一无是处的

家伙！"

"当初还说要不算我，没有我这个优秀的侦探，你们能行吗！"顾小西听到结果，自己竟然算是个优秀的侦探，顿时膨胀起来。

"现在我宣布，成立三人侦探小组，彻查小区楼道被涂画一案，小西姐任高级探员，李多米是高级小跟班，我呢，当然就是探长啦！"李多乐说。

"凭什么你是探长啊？"顾小西不服气。

"我怎么就成了小跟班了呢？不过是个高级小跟班，貌似不错的样子……"李多米又被李多乐这个小计策给弄晕了。

"凭什么？当然因为我是玉树临风，潇潇洒洒，风流倜傥，一表人才啦！"李多乐又开贫。

"我呕！我狂呕！我狂呕三天不止！"顾小西忍不住要与李多乐抬扛，她又开始说起了自己，"我可是'智慧与美貌并存，英雄与侠义化身'的美少女高级探员！"

"我吐！我狂吐！我狂吐三天不止！"李多乐以牙还牙。

"小西姐，你把我的台词抢走了！"李多米表示抗议。

"哎呀，不要和姐姐争啦，你就叫'春光灿烂'小跟班儿吧。"顾小西随口说了一个名号敷衍他。

"是高级小跟班，春光灿烂高级小跟班！"李多米上来纠正她，可是纠正完了，却感觉有些别扭，"我怎么感觉有些不对劲儿呢……"

"有什么不对劲儿的，春光灿烂猪八戒嘛，配你正合适!"

"我抗议!我狂抗议!我狂抗议三天不止!"李多米学着他俩的口气说。

"抗议无效!"顾小西和李多乐异口同声。

侦探队伍集结完毕，任务即将展开，那个在楼道里涂画的人到底是谁，谜底即将揭晓!

小侦探与艺术家（下）

深夜行动

　　深夜，爸爸李天明和妈妈刘芳已经入眠，整个小区都在黑夜安静的臂弯里沉睡。李多乐和李多米的卧室里，写字台上的电子闹钟屏幕上，十一点的数字跳动着，就好像时间急促的心跳。紧紧关着的卧室门突然被开启了一个小缝隙，一只戴了白手套的手从里面探了出来。被白手套包裹的手指轻轻地按动了LED光小手电的按钮，一道LED光，把黑暗划出一道红色的裂痕。

　　那束光经过一小段走道，通过一个半敞的门照进了顾小西的房间，在LED光闪过两次之后，从顾小西的卧室里传来了两声轻轻的咳嗽声。这是他们事先定好的暗号。

　　听到咳嗽声，确定可以行动了，李多乐这才用戴了白手套的手轻轻地把卧室门拉开，和李多米一起从里面走了出来。李

多乐头上戴着棒球帽，手上戴着白手套，手里拿着雷射手电筒。李多米的一只手里拿了个放大镜，另一只手里拿了一把小水果刀。他们蹑手蹑脚地走到了大门口，在那里等顾小西。客厅里安静极了，他们俩都能听到彼此的呼吸声，这让气氛更莫名地紧张起来。不到一分钟，顾小西也出现了。她特意穿上了她的长风衣，还戴了宽檐儿的帆布帽，手里拿着一个手电筒。他们的这些装扮，是作为一个侦探必备的行头。

他们彼此点了点头，算是一种示意，之后李多乐轻轻地拧开了门锁，又轻轻地推开了门。楼道里漆黑而又安静，有微微冷风吹过，让三个人都精神了不少。

"感觉到没有？"李多乐神秘兮兮地说。

"感觉到什么？"李多米丈二和尚摸不着头脑。

"楼道里怎么会有风？"李多乐说。

顾小西打开了手电筒，举起来照了照："是楼道的窗户没关！"她翻着白眼，对李多乐的故弄玄虚表示轻蔑。

"哦！"李多乐轻声说。

正在这时，咣当一声响打破了所有的安静，楼道里的声控灯刷的亮了起来，刺眼的光让他们仨下意识地捂住了眼睛。

"是一阵风把门给吹得关上了。"李多米说。

"糟了，这下肯定打草惊蛇了！"李多乐说着赶快往楼下跑，李多米跟在他的后面。

他们一直跑到一楼，李多乐的脚步急促地踏过每一个楼梯，楼层的声控灯一层一层地亮起来。可是他一直跑到一楼，都一无所获，并没有看到丝毫的异常。

顾小西并没有跟着他们瞎跑，而是慢慢地走下了楼梯，借着声控灯的灯光，同时又打开了手电筒，仔细地观察从三楼开始一直到一楼的那些画，并没有发觉任何新画的痕迹。不一会儿，李多米和李多乐也从楼下折了回来，看到顾小西正在仔细地研究墙上的涂画，也加入其中。李多米举起了放大镜，瞪大了眼睛一寸一寸地仔细看。

"有什么发现吗？"李多乐问他。

"没有。"李多米放下了放大镜，垂头丧气地说。

"墙壁上的画还是昨天的那些，并没有新的画出现。"顾小西说。

"唉，徒劳啊徒劳！"李多乐长长地叹了口气。

"不是徒劳！明天早上我们再来看有没有新的画出现，就能够确定'凶手'在今天有没有'作案'。如果我们发现新画，那么就能确定，他都是在十一点之后到凌晨这个时间点'作案'的。明天晚上的这个时间段，我们就可以来一个守株待兔。"顾小西分析道。

"嗯，有道理。"李多米点头表示赞同。

"坏了！"李多乐突然一拍大腿，大叫。

"你吓了我一跳，干什么一惊一乍的啊！"顾小西的心被吓得咯噔一下。

"可不是吗，李多乐，你这一嗓子喊得太突然了！"李多米也捂着胸口说。

"你们俩带钥匙了吗？"李多乐翻着自己裤子兜。

顾小西和李多米对看了一眼，脑袋好像霜打的茄子一样耷拉了下来，异口同声地说："没——带——"

"唉，这下惨了，我们怎么进去啊？"李多乐说。

"得按门铃把姨夫姨妈吵醒了。"顾小西沮丧地说。

"唉，只能这样了，我们的秘密行动暴露了。"李多乐无奈地摊了摊手。

午夜的门铃声

而此时，夜里十一点半，爸爸李天明和妈妈刘芳正躺在床上酣睡，突然客厅传来了一阵门铃声。

妈妈刘芳不情愿地睁开蒙眬的睡眼："李天明……快起来看看……这么晚……谁啊？"

爸爸李天明睡得很沉，妈妈刘芳用力地推了推他，他才醒来。"嗯……怎么了……"他不情愿地睁开眼睛，含混不清地问。

"你没听见吗，刚才有人按门铃。这么晚了，也不知道是谁……"妈妈刘芳抱怨着，又突然间抬高了声调大叫，"呀！会不会和楼道里的那些乱涂乱画有关啊？是不是半夜来讨债的走错门了？"

"你这一惊一乍的吓我一跳……唉……我起来看看吧……"爸爸李天明睡眼惺忪地起了身，晃晃悠悠地往外走。

妈妈刘芳也赶快起身，刚刚突然闪过的那个可怕的念头，让她顿时睡意全无。她跟在爸爸李天明的后面，战战兢兢地，有些忐忑不安。

"谁呀？"爸爸李天明一边把眼睛对准猫眼往外看，一边问。

"爸，是我，快开门。"在门外的李多乐说。

"嘿，这几个孩子，大半夜不睡觉跑外边干吗去了！"妈妈刘芳一听说话的是李多乐，话语中顿时掺杂了一触即发的火药味。

爸爸李天明打开了门，进入他们眼帘的是这样的三个人：戴着棒球帽，戴着白手套，拿着LED小手电的李多乐，穿着长风衣，戴着宽檐儿帆布帽的顾小西，还有拿着放大镜的李多米。

妈妈刘芳二话不说，过去拽住李多乐的耳朵："这么晚了不睡觉，穿成这样去外面疯什么去？"

123

"哎哟哎哟……妈……你轻点儿……"李多乐吱哇乱叫，"我们不是想为大家作贡献吗？把那个乱涂乱画的'凶手'给抓出来！"

"你们小点儿声，都几点了，别吵了邻居！"爸爸李天明打着哈欠，低声提醒妈妈刘芳和李多乐。

妈妈这才把手松开了，自己坐到了沙发上，他们三个"小侦探"一字排开地站在妈妈刘芳的面前，好像是暴露了身份的特工一样，接受着训斥："不都告诉你们几个了吗，这几天要特别的小心。你们是明知山有虎，偏向虎山行是吧？叛逆是吧？惊险刺激是吧？明后两天的周六周日，谁都甭想给我出门儿！气死我了，你们怎么就不理解大人的心情呢？还有你，顾小西，你都多大了，怎么还跟着他们疯呢？"妈妈刘芳好像一个被点燃了的火药桶。

"好了，都先去睡觉吧，明天早上再说。"上眼皮和下眼皮打着架的爸爸李天明又出来调解，过去拉起了妈妈刘芳，往卧室走，一边走一边冲着他们三个摆了摆手。

他们三个如得大赦，赶紧顺着爸爸李天明给的台阶连滚带爬地窜回了各自的卧室。回到卧室里，关上了门，他们的心还怦怦地跳着，真激动啊！

"哇，好刺激啊！"李多米躺在床上得意地说，"从今天起柯南就是我的同行了！"

"福尔摩斯也不过是咱们的前辈!"李多乐一边揉着被掐红了的耳朵,一边说。

顾小西在她的卧室里,穿着长风衣戴着宽檐儿帽,在镜子前前前后后地照,心想:"奇怪,今天被姨妈批评竟然一点都不伤心,反倒感觉特刺激,难道真的是叛逆?不过这女探员的瘾,还真没过够!"前前后后地照了好几次,又摆了几个pose,她才恋恋不舍地卸下了这身行头。

他们刚刚上床,隐约听到客厅里的脚步声和妈妈刘芳细碎的唠叨:"我把门反锁上,看你们还出不出去……"之后他们便沉沉地坠入了梦境之中。

女神画像一级恐慌

第二天是周六,大家都睡到了自然醒才起床。李多乐被尿憋醒了,起来上卫生间。却听客厅里妈妈刘芳正在念叨:"这画啊已经画到四楼了,很快就画到咱们家门口了,想想都可怕!"

李多乐也顾不得上厕所了,提着裤子跑到了客厅:"妈,你刚才说什么?"

"刚才我下楼买早点,看到又有新的画了,是美国的自由女神,举着个火炬……"妈妈刘芳还没说完,李多乐就一溜烟

125

地跑了回去。他先跑回了自己的卧室，把赖在床上的李多米揪了起来："快起来，妈妈说又有新的画了！"

"又有新的画了？"李多米一个鲤鱼打挺，从床上跃了起来。由此可见这是一个多么令人兴奋的消息，那么胖的"鲤鱼"都打挺跃起来了。

李多乐也顾不得再和他解释什么，又冲出卧室，跑去敲顾小西的门。

顾小西刚起床，习惯地放着 CD 听着英语，她给李多乐开了门："什么事儿，把你给慌成这样啊？"

"我妈说又有新的画了！"李多乐气喘吁吁地对顾小西说。

"是吗？按照昨天的推理，那他就是趁着大家都睡着的时候才出来'作案'的啊！今天晚上我们不睡觉，准能把他给擒住！"顾小西也好像被打了针兴奋剂，眼睛里闪着光，说着还配合着在空气中狠狠地抓了一把，就好像那个"凶手"已经被他们堵住了一样。

这时，李多米也过来凑热闹了，不过这次他带来的是一盆顾虑的冷水，他说："要真是杀人放火来讨债的匪徒怎么办？或者是心理变态狂？那我们会不会很危险？"

"这个……"李多乐用食指压着上嘴唇，也答不上来。

"要不我们跟爸妈说了吧，让他联系咱们单元楼的其他住户集体行动吧！"李多米提议。

"大家也不那么熟悉，姨夫能拉得下脸去说吗？"顾小西说出了她的顾虑。

"现在正好画到四楼，今天晚上就画咱们家门口了……我们守在防盗门的猫眼儿那就行……楼道里的声控灯一亮，就冲出去！那'凶手'肯定得跑啊……"李多乐扬着脸，一边想着一边自言自语地念叨着。

"你说他往下跑还是往上跑呢？"顾小西问。

"往下跑……往上跑……上上下下的还真不能确定……莫非真是咱们单元里的人干的？他为什么要这么做呢？"李多乐又平添了很多疑问。

"要不这样？我们先守株待兔，等他出现了，我们再去叫姨夫姨妈，到时候有了大人给壮胆，我们再采取行动，我们五个怎么也能对付得了他们！"顾小西提议。

"他们？'凶手'难道不是一个人吗？"李多米大声地问。

"谁知道是不是'团伙作案'，一切皆有可能！"顾小西说。

"怎么，小西又想买新运动鞋了？"妈妈刘芳来叫他们几个出去吃早点，刚好听到顾小西说的这最后一句话，那可不正是某运动品牌的广告语吗，妈妈刘芳就误以为几个孩子在讨论运动产品呢。

"嗯，我们刚好聊到奥运会，感觉太震撼了！"李多乐顺杆往上爬，并向李多米和顾小西使了个眼色，大家便簇拥着妈

妈，一起去吃早点了。

终极缉拿行动

时间是个什么东西呢？在你一不留神的时候如同白驹过隙，在你数着它过的时候又如同蜗牛漫步。以往的那些周末，都会在晚饭的时候感叹过得太快，可是今天，由于太过于盼望夜晚的来临，反倒感觉特别的漫长。

"天怎么还不黑啊……"李多米在卧室里，在写字台前手托着下巴，一遍一遍地念叨。

李多乐则躺在自己的小床上，手里捧着一本单词书，却一点儿都没看进去，脑子里一遍一遍地预演着今天晚上即将上演的一切。

顾小西呢，在她自己的房间里津津有味地读着《福尔摩斯探案全集》，每看完一章，就会忍不住看看表，看看窗外，她心头涌上的感受也是：这时间过得怎么这么慢啊！

黑夜终于在他们的期盼中，迈着少有的优雅步履姗姗来迟，她曳地的黑色裙角缓缓地笼住了小区。华灯初上，以往安宁祥和的小区，今天却平添了几分神秘莫测。吃完晚饭，顾小西、李多乐、李多米他们三个又聚在顾小西的房间里，摩拳擦掌。

钟表上的时间慢慢地迫近十一点，爸爸妈妈已经上床休息了。他们三个又轻轻地打开了卧室的门，潜入了客厅，轮流守在猫眼那里，观察外面的动静。

时间在一分一秒地度过……十一点半……十二点……十二点十分……十二点二十……猫眼前监视的人换了好几轮，而走廊里却一直安静得像班主任留守的自习堂。现在扒在门前往外看的是李多乐，他还有点精神头，眼睛一眨不眨地盯着外面。而顾小西和李多米则坐在沙发上，顾小西用手支着睡意沉沉的脑袋，眼睛眯成了一条缝，李多米僵直地坐在那儿，上眼皮下眼皮激烈打架，脑袋一点一点如小鸡吃米。

突然间，寂静的走廊里出现了细微的响动。因为夜晚过于安静，再加上大家都屏气凝神地观察着，这点平时很容易就会被忽略的响动，今天显得格外的突兀。紧接着，声控灯亮了起来。这盼望已久的变化，让李多乐好像通了电一样精神了起来。"快——快——来了！来了！"他一边用手向李多米和顾小西打着手势，一边压着嗓子说最大声的悄悄话。

昏昏欲睡的顾小西和李多米一激灵，顿时来了精神，腾地就从沙发上起了身。

"我去房间里叫阿姨、姨夫去，你们俩盯住！"顾小西压着声音，也压着心底的紧张和兴奋，一边向李多米打着手势一边说。

"嗯，你去吧！"李多米应了一声，赶紧三步并作两步地往门旁边跑。

李多乐的眼睛紧紧地贴在猫眼上往外看，他的视线中出现了一个人，戴着一个像烤猪头一样乌漆抹黑的面具，恐怖极了。他又看到那人手里拿着一个事先用纸板刻好的模具，贴到了墙上，然后拿出了涂鸦喷雾，找准了位置，手指一按，有浓浓的紫色颜料喷薄而出。

这个工夫，爸爸李天明和妈妈刘芳已经被顾小西给拉到了门口。李多乐赶紧把猫眼让给了大家的主心骨——爸爸李天明。

"他头上戴了一个猪头面具，特别吓人！"李多乐向妈妈和顾小西他们形容，这下妈妈的心也跟着提了起来。"好家伙，来者不善啊，还戴了面具！"她心想。

"孩子们，事不宜迟，准备行动，大家见机行事！"贴在猫眼上正看着的爸爸李天明见那个人放下了涂鸦喷雾器，误认为他要完事收工了呢，所以也稳不住阵脚了。他说着，拉开了门，大喊了一声："嗨！"他这一惊慌，把小时候评书中听来的两军阵前讨敌骂阵的那一套搬了出来。

"凶手"着实被这霹雳一声吼吓了一跳，惊慌地转过身来。

他这一转身，脸上戴着的"烤猪"面具正好让妈妈刘芳看了个正着，吓得她惊声尖叫："啊！！！"

131

这一声犀利的叫声划破了整个夜晚的宁静，楼上楼下都有了一些动静。

也就在这个时候，爸爸李天明也已经向那个"凶手"伸出了擒拿之手，然而，事情在那一瞬间，发生了意想不到的变化。

出人意料的结局

爸爸李天明的手刚伸到半空中，可那所谓的"凶手"不急不闪，反而是镇定地站在那里，优雅地拿下了"烤猪头"面具。那一瞬间，一头乌黑的秀发像洗发水广告里的那样从面具中倾泻出来，继而露出来的是一张甜美的笑脸。

空气在那一瞬间再次凝结，楼上和楼下的邻居听见响动都跑了出来，大家当时都愣在了那里。是啊，谁能想到呢，让大家陷入恐慌，又让大家费尽心机的所谓"凶手"，竟然是这样一个有着天使般脸孔的漂亮姐姐。

"大家好，我是新搬来的，租住在六楼。"她对着大家微微一笑。

"那……你这是……"妈妈刘芳指着她手上的"烤猪头"面具，问她。

"你说这个啊……这是防毒面具，涂鸦的时候必须得佩戴，

防止喷出的粉末吸入体内。"她不仅人甜美，声音也很甜美，这一下让刚刚剑拔弩张的局势一下子发生一百八十度大转弯，神秘的夜晚变得格外的温馨浪漫。

"这楼下到这儿的画都是你画的?"爸爸李天明已经完全地愣在那儿了，李多乐、李多米还有顾小西也是，只有妈妈的头脑还保持着清醒。

"对啊，都是我画的! 我住进来发现咱们这楼其实挺新的，但是有那么多没道德的人在墙上印了很多的小广告，我想还不如发挥我的特长，把咱们单元的楼道变成一个画廊，既环保又有文化气息。"漂亮姐姐说。

"你说这事儿闹的，你直接大大方方地画呗，干吗偷偷摸摸的大半夜出来画啊!"她这么一说，大家都松了一口气。

"我不是想都画完了再给大家一个惊喜吗? 算是我入住新房和大家做邻居的见面礼，就先斩后奏了! 给大家造成困扰了吗? 那我为我的行事不周向大家道歉。"漂亮姐姐说着，又露出了歉意的微笑。

"嗨! 误会一场……我们还以为……嘿，也甭说了……这回大家都是邻里邻居了，你也不用再夜深人静的时候出来画画了……"妈妈刘芳笑着和她寒暄了起来。

"我们这惊也惊着了，喜也喜着了……但是这墙壁啊，必须得恢复原样儿。"在物业工作的住在四楼的业主徐阿姨却有不同的态度。

"那是涂鸦，是艺术！"李多乐又来劲儿了，他必须要在漂亮姐姐面前展示一下自己的前瞻性的审美，力挺到底。

"这确实是涂鸦艺术，我不否定，但是楼道还是属于公共的空间，在公共空间上涂抹、图画，一定要征求大家的同意才行，而且还要到街道以及大楼的物业提交相关的申请，那样才可以做！"徐阿姨说。

顿时，气氛又有些紧张了起来。

甜美的美术姐姐的笑容在这里凝固了，她有些慌张地说："哦……实在是有些对不起，是我想得太不周到了！"

"不过你也不用担心，物业也一直对这些小广告很苦恼。本来也打算重新粉刷墙壁的，我去跟上面申请一下，也许把咱们的楼道作为文化特色保留下来呢！"徐阿姨说。

凝重的气氛终于缓和了，大家也都松了一口气，陆续地散去了。

虚惊的迷雾散去，在多米和多乐的梦里，小侦探的幻想还在起伏跌宕地继续……

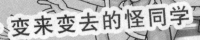

让幻想之光点亮现实

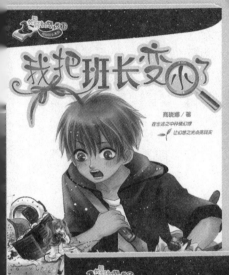